DESEO

D0932194

ANDREA LAURENCE
Heredera por sorpresa

Cualquier forma de reproducción, distribución, comunicación pública o transformación de esta obra solo puede ser realizada con la autorización de sus titulares, salvo excepción prevista por la ley.
Diríjase a CEDRO si necesita reproducir algún fragmento de esta obra.
www.conlicencia.com - Tels.: 91 702 19 70 / 93 272 04 47

Editado por Harlequin Ibérica.
Una división de HarperCollins Ibérica, S.A.
Núñez de Balboa, 56
28001 Madrid

© 2018 Andrea Laurence
© 2018 Harlequin Ibérica, una división de HarperCollins Ibérica, S.A.
Heredera por sorpresa, n.º 2119 - 6.12.18
Título original: Rags to Riches Baby
Publicada originalmente por Harlequin Enterprises, Ltd.

Todos los derechos están reservados incluidos los de reproducción, total o parcial. Esta edición ha sido publicada con autorización de Harlequin Books S.A.
Esta es una obra de ficción. Nombres, caracteres, lugares, y situaciones son producto de la imaginación del autor o son utilizados ficticiamente, y cualquier parecido con personas, vivas o muertas, establecimientos de negocios (comerciales), hechos o situaciones son pura coincidencia.
® Harlequin, Harlequin Deseo y logotipo Harlequin son marcas registradas por Harlequin Enterprises Limited.
® y ™ son marcas registradas por Harlequin Enterprises Limited y sus filiales, utilizadas con licencia. Las marcas que lleven ® están registradas en la Oficina Española de Patentes y Marcas y en otros países.
Imagen de cubierta utilizada con permiso de Harlequin Enterprises Limited. Todos los derechos están reservados.

I.S.B.N.: 978-84-9188-727-0
Depósito legal: M-31604-2018
Impresión en CPI (Barcelona)
Fecha impresion para Argentina: 4.6.19
Distribuidor exclusivo para España: LOGISTA
Distribuidor para México: Distibuidora Intermex, S.A. de C.V.
Distribuidores para Argentina: Interior, DGP, S.A. Alvarado 2118.
Cap. Fed./Buenos Aires y Gran Buenos Aires, VACCARO HNOS.

R0454617463

Capítulo Uno

—«Y a Lucy Campbell, mi ayudante y amiga, le dejo el resto de mis bienes, incluidas mis inversiones, el dinero de mis cuentas bancarias y la totalidad de mis efectos personales, desde mi colección de arte hasta mi piso en la Quinta Avenida».

Cuando el abogado terminó de leer el testamento de Alice Drake, la sala se sumió en un silencio absoluto. Fue como si los familiares de la difunta se hubieran muerto también.

Hasta la propia Lucy estaba sorprendida. Casi esperaba que el abogado sonriera en cualquier momento y anunciara que todo había sido una broma, aunque habría sido una broma de bastante mal gusto.

Ella tampoco se lo podía creer. No era una experta en cuestiones inmobiliarias, pero ese piso debía de valer alrededor de veinte millones de dólares. Estaba enfrente del Museo Metropolitano, y tenía cuatro dormitorios y una galería con una docena de cuadros de pintores tan famosos como Monet. Y eso no era lo único que había heredado.

—¿Está hablando en serio? —dijo alguien, rompiendo el silencio.

Lucy se giró hacia la persona que había tenido el atrevimiento de preguntar lo que todos tenían en mente. Era Oliver, el hermano de Harper Drake, su mejor amiga. Harper era responsable de que la hubieran contratado como ayudante de Alice, su tía abuela. Pero, a pesar de lo bien que se llevaban, Lucy no había visto antes a su hermano; lo cual era extraño, teniendo en cuenta que había cuidado a la difunta durante cinco años.

Y le pareció una pena, porque Oliver era uno de los hombres más atractivos que había visto en toda su vida. Tenía unos rasgos tan aristocráticos como los de Harper, con el mismo pelo castaño y los mismos pómulos altos, pero sus ojos eran de color azul grisáceo y sus labios, algo más finos. Sin embargo, Lucy se preguntó si eran efectivamente más finos o si solo lo estaban en ese momento, porque los apretaba con irritación.

Fuera como fuera, Oliver clavó la vista en ella y le causó un estremecimiento de deseo tan intenso que se ruborizó, avergonzada. De repente, la temperatura parecía haber subido varios grados, y Lucy se desabrochó el cuello de la camisa para respirar mejor. Pero entonces notó su aroma, y el calor que sentía se volvió insoportable.

Por lo visto, había pasado demasiado tiempo en compañía de una anciana. Ahora se ruborizaba por una simple mirada de un hombre guapo. Y eso no podía ser. No se podía permitir el lujo de perder la concentración en un momento así; sobre todo, porque el hombre en cuestión era cualquier cosa menos un aliado.

Lucy cerró los ojos durante un par de segundos

y, cuando los volvió a abrir, se sintió enormemente aliviada. Oliver ya no la estaba mirando.

Sí, era evidente que no lo había visto antes; y lo era porque, si lo hubiera visto, no lo habría podido olvidar. Sin embargo, su caso no era una excepción. Descontando a Harper, Lucy no conocía a ninguna de las personas de la sala. Los había visto en fotografías, pero nunca en persona.

Ninguno de ellos había ido a ver a Alice en ningún momento; por lo menos, estando ella presente. Y Alice tampoco los iba ver a ellos, porque había sido un espíritu tan libre como rebelde hasta el último de sus días; una excéntrica a la que Lucy adoraba, aunque empezaba a creer que su familia no la había tenido en tanto aprecio.

–Estás bromeando. ¿Verdad, Philip?

La persona que habló esta vez era Thomas Drake, sobrino de Alice y padre de Harper y Oliver. Tenía la barba y el pelo canosos, y parecía una versión madura de su hijo.

–Lo siento, pero no es ninguna broma –respondió Phillip Glass, el abogado–. Hablé con Alice cuando cambió el testamento, a principios de este año. Intenté convencerla de que se pusiera en contacto con vosotros y os informara de lo que pretendía, pero no me escuchó. En todo caso, su voluntad está clara. Sus familiares recibiréis un regalo de cincuenta mil dólares, y Lucy se quedará con lo demás.

–¡Es obvio que estaba loca! –intervino una mujer.

Lucy, que no conocía a la mujer que acababa de hablar, se sintió obligada a salir en defensa de Alice. La anciana tenía noventa y tres años cuando murió, pero estaba en plena posesión de sus facultades mentales.

–¡Alice estaba perfectamente! –replicó.

–¡Sí, claro! ¡Dices eso porque te lo ha dejado todo! –bramó la mujer, roja de ira–. Cualquiera se daría cuenta de que había perdido el juicio cuando cambió el testamento.

–¿Ah, sí? ¿Y cómo lo podríais saber, si ninguno de vosotros la fue a visitar durante los cinco años que estuve a su lado? No, no sabíais nada de ella. Y no os ha interesado hasta que ha llegado el momento de repartirse su dinero.

La otra mujer se llevó la mano al collar de perlas que llevaba, aparentemente espantada con el tono de Lucy. Y justo entonces, Harper se inclinó sobre su amiga, le puso una mano en el brazo y dijo:

–No se lo tengas en cuenta, Lucy. Están sorprendidos y enfadados por la noticia, pero se les pasará.

–¡No se me pasará! –exclamó la mujer–. No puedo creer que apoyes a una simple empleada, Harper. ¡Te está robando la herencia delante de tus narices!

–¿De una simple empleada? –dijo Harper, alzando un poco la voz–. Será mejor que te disculpes, Wanda. No voy a permitir que hables de Lucy en esos términos. Es amiga mía y, según parece, también lo era de Alice. Trátala con respeto.

Los familiares de Alice empezaron a discutir, y Lucy se encerró en sí misma. Los días anteriores habían sido muy difíciles para ella. Primero, la muerte de Alice; luego, el entierro y más tarde, el miedo a quedarse otra vez sin trabajo.

Y ahora, se encontraba en mitad de un conflicto que no esperaba en absoluto. Cuando el abogado le pidió que asistiera a la lectura del testamento, imaginó que Alice le habría dejado una pequeña suma para que pudiera sobrevivir mientras buscaba otro empleo y otra casa. Pero le había dejado una fortuna.

Aquello era demasiado para ella, una chica de barrio que había estudiado gracias a las becas; y empeoró aún más tras sentir la mirada de Oliver, cuyos fríos ojos azules parecían atravesarla. Sin embargo, no se hizo ninguna ilusión al respecto. Quizá fuera hermano de Harper, pero no estaba de su parte. No la observaba porque la encontrara atractiva, sino por encontrar una debilidad que pudiera usar a su favor.

Segundos después, Oliver rompió el hechizo, se giró hacia su hermana y declaró:

—Sé que es amiga tuya, pero estarás de acuerdo conmigo en que todo este asunto es de lo más sospechoso.

—¿Sospechoso? ¿Por qué?

Oliver volvió a mirar a Lucy.

—No me extrañaría que hubieras presionado a Alice. Estabas con ella constantemente, así que te habría resultado fácil. Tal vez la convenciste de que te dejara toda la herencia —la acusó.

—¿Estás hablando en serio? Yo no tenía ni idea de lo que iba a pasar. Nunca hablamos de su dinero, ni mucho menos de su testamento. Ni una sola vez —enfatizó Lucy—. Estoy tan sorprendida como tú.

—Lo dudo mucho —dijo Wanda.

—Un poco de calma, por favor —intervino Phillip—.

Comprendo vuestro asombro, y me gustaría decir algo que pudiera suavizar la situación, pero Alice tomó la decisión que le pareció más oportuna. Naturalmente, podéis llevar el asunto a los tribunales… Sin embargo, las cosas son como son y, de momento, Lucy lo heredará todo.

Wanda se levantó de su silla y gritó, antes de irse:

—¡Por supuesto que lo impugnaré! ¡Esto es una vergüenza!

El resto de los presentes se marchó a continuación, aunque Harper se quedó con su amiga y con Phillip.

—Lo siento, Lucy —dijo el abogado—. Alice tendría que haber informado a su familia. Supongo que no lo hizo porque sabía que la presionarían para que volviera a cambiar el testamento. Pero sea como sea, estoy seguro de que sus familiares lo impugnarán, lo cual significa que no podrás vender el piso ni usar el dinero de las cuentas bancarias hasta que un juez se pronuncie al respecto.

Phillip respiró hondo y añadió:

—Ahora bien, Alice incluyó una cláusula que me permite afrontar los gastos del piso y pagar tu sueldo y el del ama de llaves, de modo que no tendrás que preocuparte en ese sentido. Por supuesto, haré lo posible por conseguirte dinero antes de que la familia presente la denuncia, pero no lo derroches.

Lucy pensó que eso era imposible. Había conocido a muchos ricos durante su estancia en Yale, empezando por Harper, Emma y Violet, sus mejores amigas de la universidad; pero ella siempre había sido la pobretona. No había derrochado ni un céntimo en toda su vida, por la sencilla razón de que no le sobraba ninguno. No estaba precisamente acostumbrada a gastar grandes sumas de dinero.

–Wanda siempre ha sido mucho ruido y pocas nueces –declaró Harper–. Gritará y se quejará, pero no querrá gastar dinero en abogados. Estoy segura de que se cruzará de brazos y dejará el asunto en manos de Oliver.

Lucy frunció el ceño.

–Tu hermano parecía muy enfadado. ¿No la tomará contigo?

Harper bufó.

–Qué va. Me conoce demasiado bien –replicó–. Llevará la guerra a los tribunales, aunque no me sorprendería que se presentara en tu casa y te hiciera pasar un mal rato. Es un hombre de negocios con mucha experiencia, y buscará debilidades que pueda aprovechar.

A Lucy no le habría molestado que Harper la visitara por motivos románticos; pero, evidentemente, sus intenciones distaban de serlo. Quería anular el testamento de Alice, y había grandes posibilidades de que lo consiguiera. Tenía mucho más poder y mucho más dinero que ella. ¿O no?

–Dime una cosa, Phillip… ¿A cuánto asciende la fortuna de Alice? –preguntó Lucy con timidez–. Nunca hablamos de sus finanzas.

Phillip echó un vistazo a los documentos que tenía sobre la mesa.

–Entre el piso, las inversiones y las cuentas bancarias, yo diría que asciende a unos quinientos millones de dólares.

Lucy se inclinó hacia el abogado, confundida.

–¿Cómo? ¿Quinientos millones? ¿Lo he entendido bien?

Harper la tomó de la mano y dijo:

–Sí, lo has entendido perfectamente bien. Mi tía era una mujer muy rica, y te lo ha dejado todo a ti. Sé que te cuesta creerlo, pero me alegro de verdad. En mi opinión, es lo mejor que podría haber pasado.

Lucy tragó saliva, súbitamente sin palabras. No lo podía creer. Era una mujer normal y corriente, que ganaba lo justo para sobrevivir; una mujer que solo pensaba en esas cantidades cuando soñaba con que le tocara la lotería. Y al parecer, le había tocado.

Quinientos millones de dólares. Ya no le extrañaba que los familiares de Alice estuvieran tan disgustados.

Ahora, la chacha era multimillonaria.

Oliver estaba bien informado sobre Lucy Campbell. Su hermana se refería a ella con frecuencia, y Alice la había mencionado muchas veces en sus cartas. Pero, por alguna razón, esperaba que fuera más atractiva. Su oscuro cabello rubio tenía un tono tristemente apagado; sus uñas estaban pidiendo a gritos que le hicieran la manicura y, en cuanto a sus ojos, eran demasiado grandes para su cara.

En conjunto, resultaba increíblemente ordinaria, lo cual era extraño para una persona de su reputación. Alice hablaba de Lucy en términos tan elogiosos que había sentido la tentación de ir a su casa para ver si estaba a la altura de tantos halagos.

Y encima, tenía pecas. Pecas de verdad.

Nunca había conocido a nadie que tuviera pecas. De hecho, se había dedicado a contarlas durante la lectura del testamento y la discusión posterior. Cruzaban su nariz y sus pómulos como si la hubieran espolvoreado con canela. Pero, ¿solo las tenía en la cara? ¿O también en los hombros y en el pecho?

Oliver llegó a contar treinta y dos, y luego lo dio por imposible y se concentró en la conversación. O lo intentó; porque, cuanto más la miraba, más interesante le parecía. Lucy Campbell no era una belleza espectacular. Estaba muy lejos de las elegantes y gráciles mujeres con las que él se relacionaba. Sin embargo, había algo muy sensual en sus grandes ojos, algo que despertó su deseo.

En determinado momento, decidió que le estaba prestando demasiada atención y dejó de mirarla. Desde su punto de vista, aquella mujer era tan falsa y avariciosa como su madrastra. No tenía dudas al respecto. Ni Harper ni Alice se habían dado cuenta, pero él lo veía con toda claridad. Las había engañado con su apariencia inocente y su cara bonita, igual que Candance a su padre.

Desde luego, Oliver no la imaginaba codeándose con la élite de Nueva York. Por muchos millones que tuviera, no dejaría de ser una pobretona que, de repente, se había visto con una fortuna entre sus manos. Era como si le hubiera tocado la lotería. Un simple golpe de suerte. Y la alta sociedad no le abriría nunca sus puertas.

En ese sentido, Candance y Lucy no podían ser

más distintas. Su madrastra era una mujer joven y bella, una mujer de elegancia aristocrática y cuerpo impresionante que se sentía como un pez en el agua en el mundo de los ricos y poderosos. No era extraño que su padre hubiera caído con tanta facilidad en sus redes. Tenía una sonrisa que iluminaba cualquier habitación y, por si eso fuera poco, también tenía veinte años menos que él.

–Ya hemos llegado, señor.

La voz del chófer cambió el rumbo de sus pensamientos, que se concentraron en el tiempo perdido. Había tenido que dejar el trabajo en pleno día para ir a la lectura del testamento de Alice. ¿Y qué había conseguido a cambio? Cincuenta mil miserables dólares.

–Gracias, Harrison.

Oliver se bajó del sedán negro y entró en la sede de Orion, la empresa de ordenadores que había fundado su padre en la década de 1980. Tom Drake la había llevado a lo más alto; hasta el punto de que, veinte años más tarde, uno de cada cinco ordenadores que se vendían en los Estados Unidos era un Orion.

Y entonces, apareció Candance y lo estropeó todo.

Oliver cruzó el lujoso vestíbulo de suelos de mármol para dirigirse a su ascensor privado, en el que entró momentos después. La sede de Orion ocupaba los tres últimos pisos de un rascacielos de cuarenta y cuatro, pero el ascensor era tan rápido y moderno que tardó muy poco en llegar a su destino, el departamento de administración y dirección de la empresa.

El resto de las instalaciones, que incluían la planta de producción y distribución, se encontraban a veinticinco kilómetros de allí, en Nueva Jersey. Al principio, todo el mundo le había intentado convencer de que fabricara sus portátiles y móviles en Asia, donde resultaba más barato. Pero Oliver tenía sus propios planes. Había heredado una empresa al borde de la quiebra, y la única forma de salvarla era tomar medidas tan radicales como imaginativas.

Afortunadamente, contaba con un equipo que apoyaba sus ideas, y el tiempo terminó por darle la razón. A base de talento, trabajo y dosis nada despreciables de suerte, consiguió que Orion volviera a ser lo que había sido. Y lo consiguió en un tiempo récord: seis años, los transcurridos desde que Candance desapareció y su padre decidió dejarle Orion para ocuparse del niño de dos años que su esposa había abandonado.

Tom estaba tan deprimido cuando abandonó la presidencia de la compañía que Oliver no quiso recordarle una dolorosa verdad: que se lo había advertido y no le había hecho caso. Candance solo quería su dinero. Y por lo visto, Lucy estaba hecha de la misma madera; pero, en lugar de seducir a un viudo, se había ganado la amistad de una anciana sin hijos para quedarse con su herencia.

Alice siempre había sido la rebelde de la familia, y Oliver la admiraba por ello. Cuando decidió encerrarse en su elegante piso, él le regaló uno de los mejores portátiles del mercado y se encargó de que tuviera una dirección de correo electrónico para que pudieran mantener el contacto. Respetaba las decisiones de su tía y, por supuesto, también respetó su deseo de estar sola.

Sin embargo, ahora se arrepentía de haberlo hecho. Harper hablaba tan bien de Lucy que él había bajado la guardia y se había despreocupado del asunto, para desgracia de todos. Si hubiera ido a ver a su tía y hubiera vigilado a la mujer que cuidaba de ella, habría podido impedir que la manipulara.

Estaba tan enfadado por su propia estupidez que, cuando llegó al despacho de presidencia, abrió la puerta de forma brusca y asustó a su secretaria.

–¿Te encuentras bien? –preguntó Monica.

Oliver frunció el ceño. Odiaba perder el control; sobre todo, en el trabajo.

–Sí, sí. Lo siento, no pretendía asustarte.

–Lamento mucho lo de tu tía. He leído un artículo de prensa donde dicen que llevaba veinte años encerrada en su piso. ¿Es cierto?

Oliver sonrió.

–No. Solo llevaba diecisiete.

–Diecisiete años sin salir de un piso –dijo ella con asombro.

–Bueno, es que es un piso muy bonito. No fue precisamente una tortura.

–¿Y lo vas a heredar tú? –se interesó–. El artículo dice que no tenía hijos.

–Lo dudo, aunque nunca se sabe –respondió Oliver, que no quería dar explicaciones–. No me pases ninguna llamada, por favor.

Monica asintió, y él entró en su despacho. No estaba de humor para hablar con nadie. Había anulado todas las citas de la tarde, pensando que sus familiares querrían hablar sobre la herencia de Alice tras la lectura del testamento; pero se habían quedado tan sorprendidos que se habían marchado a toda prisa, igual que él.

Sin embargo, se alegraba de haberse ido. Por ridículo que fuera, Lucy Campbell le había empezado a gustar. No era una mujer que llamara la atención; no se parecía nada a las mujeres por las que se sentía atraído, pero miraba de un modo tan inocente que Oliver tuvo miedo de hacer alguna tontería si se quedaba allí.

Antes de sentarse, sacó el teléfono móvil que llevaba en el bolsillo y lo dejó en la mesa. Harper lo había llamado dos veces durante la última media hora, y él se había limitado a quitar el sonido. Conociendo a su hermana, querría convencerlo de que olvidara el asunto y dejara en paz a su amiga.

Ya en su sillón, se giró hacia el ventanal del despacho, que daba al norte y al oeste. En menos de una hora, tendría una vista magnífica de la puesta de sol. Pero Oliver no se solía fijar en esas cosas. Siempre estaba ocupado con sus informes y reuniones de negocios. Desconocía el concepto de tiempo libre y, aunque salía de vez en cuando con alguna mujer, nunca iba en serio con ellas.

No lo podía evitar. Cada vez que le dedicaban una sonrisa seductora o una caída de párpados, se acordaba de Candance. Y ese era el motivo de que Lucy Campbell lo hubiera puesto tan nervioso. No sonreía de forma seductora. No parpadeaba con sensualidad. Era una joven pecosa, de mirada insegura y actitud vulnerable.

Oliver la había encontrado graciosa al principio, antes de que el abogado leyera el testamento. Pero después, pensó que aquella mujer había manipulado a su tía y ya no le vio la gracia.

Harper creía al cien por cien en la inocencia de Lucy. Eran amigas desde sus tiempos en Yale, lo cual significaba que la conocía muy bien. En otras circunstancias, Oliver habría dado por buena la opinión de su hermana; pero ahora estaba convencido de que esa amistad la había cegado del mismo modo en que el supuesto amor de Candance había cegado a su padre. Y en los dos casos, con cientos de millones en juego.

Hasta la persona más honrada del mundo se habría sentido tentada por una suma tan grande. Quizá, había mirado a Alice con sus grandes ojos tristes y le había contado una historia aún más triste sobre sus dificultades económicas. Quizá había despertado su afecto maternal, aprovechando que Alice no había tenido hijos. E incluso era posible que solo esperara sacar un par de millones y que estuviera sorprendida con el resultado de su plan.

Fuera como fuera, carecía de importancia. Aparentemente, Lucy Campbell había manipulado a su tía, y él no iba a permitir que se saliera con la suya. No se trataba de una obra de arte o un mueble antiguo, sino de quinientos millones de dólares. Y no iba a renunciar a ellos sin pelear. Alice no merecía menos.

Suspiró, alcanzó el teléfono y marcó el número de su abogado. La pecosa Lucy estaba a punto de descubrir que sus encantos no tenían ningún poder frente al feroz equipo legal de Oliver Drake.

Capítulo Dos

Lucy seguía angustiada cuando despertó al día siguiente. Su vida había cambiado por completo desde que entró en la habitación de Alice y descubrió que había fallecido mientras dormía. Iba a ser multimillonaria, y casi todos los Drake la odiaban por ello.

Estaba segura de que alguien impugnaría el testamento, dejándolo en una especie de limbo legal. Según Phillip, el proceso podía durar desde unas semanas hasta varios meses. Pero eso no era tan terrible como lo que implicaba.

Obviamente, los abogados de la familia harían lo posible por dejarla sin un céntimo, y no lo podrían conseguir sin arruinar su reputación o la reputación de su difunta amiga. Tal como estaban las cosas, tendrían que demostrar que Alice no estaba en su sano juicio cuando redactó el testamento, o que ella la había manipulado.

La perspectiva era tan desagradable que consideró la posibilidad de renunciar a la herencia. Necesitaba dinero, pero no quería que la destrozaran. Además, ella no había abusado de la amistad de Alice, una mujer tan cuerda como extravagante que se habría muerto de risa si hubiera podido ver la cara de sus familiares cuando supieron que los había dejado sin su preciada fortuna. Pero, ¿qué iba a hacer ahora? ¿Qué podía hacer con su vida?

Tras el entierro, Lucy se había planteado la idea de volver a la universidad y terminar la carrera de Historia del Arte. La había tenido que abandonar cuando solo le faltaba un año, porque la beca solo cubría cuatro y no tenía dinero para pagar el último curso. Pero el sueldo que le daba Alice y el hecho de que el trabajo incluyera comida y alojamiento le habían permitido ahorrar, lo cual cambiaba las cosas.

Nada impedía que volviera a Connecticut, terminara la carrera y consiguiera un empleo en algún museo prestigioso, aprovechando los contactos que había hecho durante los años anteriores, gracias a Alice. En realidad, la anciana no la había contratado porque necesitara ayuda en la casa, sino porque necesitaba una amiga que asistiera en su nombre a toda una gama de actos sociales, que incluían exposiciones y subastas.

Lucy había conocido a muchas personas del mundo del arte y, como se había dedicado a representar a una mujer tan influyente en dicho sector como Alice Drake, sospechaba que no tendría problemas para abrirse camino. Pero, desgraciadamente, el asunto de la herencia podía arruinar sus planes.

Era septiembre y, si los Drake acudían a la justicia, cabía la posibilidad de que el juicio durara varios meses y le impidiera volver a la universidad en invierno, como pretendía. Además, Phillip le había recomendado que siguiera viviendo en la casa de Alice, aunque no quisiera quedarse con el piso. Temía que algún familiar la ocupara en su ausencia y complicara la situación, incluso en el caso de que los tribunales fallaran a su favor.

En resumidas cuentas, estaba atrapada. Y todo, porque Alice había decidido que fuera multimillonaria.

Angustiada, se levantó de la cama, se duchó y encendió el ordenador para trabajar un poco. Al cabo de un rato, el sonido del timbre la sacó de sus pensamientos. No sabía quién era, pero guardó el archivo en el que estaba trabajando y se dirigió al vestíbulo, con la esperanza de que fuera Harper. A fin de cuentas, tenía que ser alguien que estuviera en la lista de visitantes con permiso porque, de lo contrario, el portero no lo habría dejado entrar.

Ya en la puerta, echó un vistazo por la mirilla. No era Harper, sino Oliver Drake.

Lucy respiró hondo, se pasó una mano por el pelo y abrió. Oliver llevaba un traje de color azul marino que enfatizaba el azul de sus ojos y que, por algún motivo, también resaltaba las vetas doradas de su rizado cabello castaño.

–Ah, eres tú. Me alegro mucho de verte –dijo ella, disimulando su nerviosismo–. No sabía si serías capaz de encontrar la casa.

Oliver la miró.

–He estado muchas veces aquí –replicó él–. Docenas de veces.

–Pero el barrio ha cambiado bastante desde la década de 1990 –observó ella–. Pasa, por favor. Y mira todo lo que quieras. Supongo que querrás familiarizarte otra vez con la casa.

Oliver entró en el piso sin apartar la vista de sus ojos.

—Dime una cosa, Lucy… ¿Siempre eres tan impertinente? ¿O solo te portas así porque tienes algo que ocultar?

Lucy se cruzó de brazos.

—No tengo nada que ocultar.

Oliver dio un paso adelante, invadiendo su espacio personal. Y Lucy, que no pasaba del metro sesenta, se sintió intimidada ante su metro ochenta y dos.

—Eso está por ver —replicó él, mirándola con intensidad.

Lucy retrocedió hasta chocar con el pomo de la puerta, tan abrumada por su presencia física que casi no podía respirar. Y justo entonces, él apartó la mirada, se metió las manos en los bolsillos y se dirigió al salón con toda tranquilidad.

Ella lo siguió, frunciendo el ceño. ¿Qué pretendía? ¿Había ido a la casa sin más intención que torturarla un poco? ¿O se quería asegurar de que no había vendido ninguna de las pertenencias de Alice?

La respuesta llegó al cabo de unos segundos.

—He venido a informarte de que mi abogado ha impugnado el testamento esta mañana —declaró—. Estoy seguro de que Phillip te habrá dicho que no podrás hacer nada con las propiedades de mi tía hasta que el juez dicte sentencia.

Lucy se detuvo en el umbral del salón, aún cruzada de brazos.

—Sí, me lo ha dicho.

Él la miró de nuevo y asintió.

–Me alegro, porque la situación se volvería desagradable si intentaras vender algo. Supongo que no habías heredado nada antes, y no quiero que te metas en un lío por simple y puro desconocimiento.

–No sabes cuánto agradezco tu preocupación –dijo con sorna–. ¿Quién sabe lo que habría pasado si no hubieras venido a informarme. Habría sido capaz de vender el cuadro de Léger que está en la galería. Siempre me ha parecido que no pega nada con el de Cézanne.

Oliver entrecerró los ojos.

–¿Cuál es el de Léger?

Lucy se sintió un poco mejor. Por imponente que fuera, era obvio que no estaba a su altura en cuestiones de arte.

–El cuadro cubista, el de las bicicletas –respondió–. Pero solo estaba bromeando. Aunque gane el juicio, no venderé ninguna de las obras de Alice.

–¿Por qué? –preguntó–. La mayoría de la gente ardería en deseos de venderlas. Valen una fortuna.

Suspiró. No estaba de humor para dar explicaciones; pero, por otra parte, no tenía nada mejor que hacer.

–Porque significaban mucho para ella. Eran las niñas de sus ojos, el verdadero centro de su vida. Las eligió una a una, cuidadosamente. Las compraba porque no podía ir a los museos, y era la única forma de tenerlas cerca –contestó–. No las puedo vender en ningún caso. Sería como traicionarla.

–¿Y qué harías entonces con ellas?

Lucy se apoyó en la columna que separaba el salón y la galería.

–Supongo que prestárselas a los museos. El Guggenheim estaba muy interesado en que Alice le prestara su Richter, pero se negó porque no soportaba la idea de ver el espacio vacío que habría dejado en la pared.

–¿Prestarías todas las obras? –se interesó.

Ella sacudió la cabeza.

–No, todas no. Me quedaría con el Monet.

–¿Cuál es el Monet?

Lucy señaló el cuadro que estaba en la biblioteca.

–*El jardín del artista en Giverny* –dijo–. ¿Cómo es posible que no lo sepas? Pensaba que tenías estudios. ¿O es que no has ido a un museo en toda tu vida?

Oliver soltó una carcajada profunda que tuvo dos consecuencias inmediatas: irritarla y volverla más consciente que nunca de su propio cuerpo. El pulso se le aceleró, y la boca se le quedó tan seca que no podía hablar.

Ningún hombre le había provocado una reacción tan intensa; entre otras cosas, porque los cinco últimos años de su vida habían sido tan monacales como los de la anciana a la que estaba cuidando. Evidentemente, su cuerpo le estaba diciendo que necesitaba un hombre. Pero Oliver no era el adecuado para ella.

O, por lo menos, no debía serlo.

–Quizá te sorprenda, pero he estado en más museos de los que puedo recordar. Alice no estuvo siempre encerrada en su casa. Hubo un tiempo en que salía, y yo la acompañaba con frecuencia –dijo Oliver–.

Nunca me ha importado el arte, pero tienes razón…
Ella lo adoraba. Y me encantaba oírla cuando hablaba
de cuadros y esculturas.

Súbitamente, él entró en la biblioteca y se detuvo
frente al cuadro de Monet, que admiró durante unos
segundos. No era tan ignorante como Lucy pensaba.
Conocía la obra de Monet, Van Gogh y Picasso, entre
otros. Incluso tenía un Jackson Pollock en el vestíbulo
de Orion, aunque lo había comprado su padre. Pero
había fingido no saberlo porque le divertía que aquella mujer lo tomara por un idiota.

–Los lirios eran las flores preferidas de mi madre
–declaró Lucy, mirando el cuadro.

Oliver se giró y admiró su cuerpo. No era una
mujer exuberante, sino tirando a delgada; pero había
cruzado los brazos por debajo de sus pechos, enfa-
tizándolos de una forma exquisita bajo su jersey de
cuello en pico.

–Este cuadro es especial para mí. Tiene un valor
profundamente sentimental –añadió ella.

Lucy estaba tan absorta con la obra que él casi se
sintió culpable por devorarla con los ojos mientras
ella hablaba de su madre. Casi.

En cualquier caso, no tenía ninguna intención de
dejarse llevar por el deseo; aunque solo fuera porque
a su abogado le daría un infarto si seducía a la mujer a
la que iba a denunciar. Pero quería conocerla mejor.
Quería descubrir sus secretos. Quería formarse su
propia opinión sobre la amiga de Harper y de su difunta tía.

–¿A ti qué te parece? –preguntó Lucy.

Oliver estaba tan concentrado en sus pensamientos que no entendió la pregunta.

—¿Cómo?

—¿Qué te parece el cuadro?

Él se encogió de hombros.

—No sé. Es un poco soso —contestó—. ¿Cuánto vale?

—Tu tía lo compró hace muchos años, cuando los precios estaban bastante más bajos que hoy. Pero, si se pusiera a subasta, supongo que pagarían tanto como lo que cuesta este piso.

Oliver se quedó atónito.

—¿En serio? No me extraña que a mi prima Wanda le indignara que te quedaras con las pertenencias de Alice. Tenía una fortuna en obras de arte.

Lucy no se lo discutió.

—El arte era su pasión, y también es la mía. Por eso nos llevábamos tan bien —dijo—. Y puede que también me dejara su herencia por eso… porque sabía que no correría a vender su colección con tal de sacar dinero.

Oliver frunció el ceño. Podía entender que Alice hubiera dejado un par de cuadros a una amiga que compartía sus gustos; pero un par de cuadros no era lo mismo que quinientos millones de dólares.

—¿Y pretendes que me lo crea? —replicó.

—¿A qué te refieres?

—¿Quieres hacerme creer que desheredó a su propia familia y te lo dejó todo a ti sin que tú tuvieras nada que ver? ¿Solo porque teníais los mismos intereses?

Lucy entrecerró los ojos.

–Sí, es exactamente lo que pretendo, porque es exactamente lo que ha pasado –afirmó–. No sé de dónde viene tu desconfianza compulsiva, pero no todo el mundo es un manipulador. Y mucho menos, yo.

–No soy tan desconfiado como crees, Lucy. Me limito a tener los ojos abiertos –se defendió él–. Cuando te miro, veo a una mujer pobre que se ganó la amistad de mi tía y de mi hermana y que ha conseguido quinientos millones de dólares. No sé qué hiciste, pero sé que hiciste algo. Alice no ha dejado nada a su ama de llaves. ¿Qué tienes tú que te hace tan especial?

Lucy lo miró con tristeza.

–Nada en absoluto. No me siento una persona especial, sino normal y corriente. Me gustaría hablar con Alice para que me explicara por qué tomó esa decisión, pero eso es imposible. Puedes llevarme a los tribunales, e incluso salirte con la tuya. No te lo puedo impedir –dijo–. Sin embargo, no tengo nada que ver con lo que ha pasado. Y el hecho de que tú no lo creas, no lo hace menos cierto.

Oliver pensó que era una mujer extraordinariamente lista. Cuanto más hablaba, más dispuesto estaba a creerla. Sus grandes ojos brillaban con una sinceridad a prueba de bombas, y sus palabras estaban a la altura del papel que interpretaba. Era tan astuta como Candance; pero, en lugar de elegir como víctima a un hombre, había elegido a una anciana. Una decisión más inteligente, porque ni siquiera había tenido que fingirse enamorada de ella.

–Eres muy buena –dijo él, acercándose a Lucy–.

Cuando te vi en el despacho de Phillip con tus grandes ojos cargados de inocencia, te tomé por una aficionada y pensé que serías fácil de doblegar. Es evidente que me equivoqué. Eres una profesional de la estafa. Pero eso no significa que vayas a ganar.

Oliver se detuvo a unos centímetros de ella. Pero, esta vez, Lucy no retrocedió.

—Solo has cometido un error, Oliver: creer que esa herencia me importa.

—¿Me estás diciendo que no te preocupa perder el piso, el Monet y todo lo demás?

—Sí, en efecto —replicó ella, alzando orgullosamente la barbilla—. La diferencia entre tú y yo es que yo nunca he tenido nada. Si saliera por esa puerta con las manos vacías, mi vida seguiría como siempre. Y supongo que ese será mi final, porque las personas ricas y poderosas como tú no podéis permitir que una pobretona os haga sombra.

—¿Insinúas que, si no consigues lo que quieres, será culpa mía?

—Lo que yo quiero, no; lo que Alice quería —puntualizó—. Y sí, eso es lo que estoy diciendo. No en vano, eres el único miembro de la familia que ha impugnado el testamento.

—Alguien lo tenía que hacer.

—Bueno, tú tomas tus decisiones y yo tomaré las mías. Pero creo que ya nos hemos dicho todo lo que nos teníamos que decir. Será mejor que te vayas.

Oliver no se quería ir. Desde su punto de vista, Lucy no tenía más derecho que él a estar en ese piso. Sin embargo, no quería forzar las cosas. Y, por otro lado, era consciente de no debía pasar demasiado tiempo con ella. Lucy era una mujer peligrosa. Si no se andaba con cuidado, lo atraparía con las mismas redes que habían atrapado a Harper y a Alice.

–Sí, creo que tienes razón.

Oliver se alejó de ella, resistiéndose al deseo de besarla. Pero, cuando llegó a la puerta, la miró de nuevo y añadió, con una sonrisa irónica:

–Hasta la próxima, Lucy Campbell.

Capítulo Tres

–No sé por qué te has empeñado en que me ponga este vestido, Harper. No vamos precisamente a un cóctel.

Lucy volvió a mirar la blanca prenda sin mangas que Harper había elegido para ella. Habían tardado dos horas en llegar a la mansión donde Emma se había criado, y Lucy no dejó de dudar sobre su indumentaria en ningún momento. Además, ni siquiera entendía que los Dumpsey hubieran elegido un lugar tan alejado para celebrar la fiesta, cuando tenían un piso en Manhattan.

–Es un J. Mendel, y te queda maravillosamente bien –dijo su amiga–. Tienes un aspecto fantástico. Y cualquier oportunidad es buena para tener un aspecto fantástico.

–Deberías imprimir esa frase en tus tarjetas de visita –se burló.

Lucy seguía pensando que iba demasiado elegante para la ocasión. Su amiga Emma iba a tener un niño, y había organizado una fiesta para celebrarlo. No era una fiesta de etiqueta, ni mucho menos; pero Harper había querido que se pusieran guapas por si ligaban con alguno de los amigos de Jonah, el marido de la embarazada.

–Recuerda que ya no eres la amiga pobre de la universidad, Lucy. Ahora eres importante, y tienes que empezar a comportarte como una persona importante. Alice te ha dejado una fortuna. Ya no tienes excusa para ocultar tu talento al mundo.

Lucy suspiró.

–Sigo siendo la amiga pobre de Yale, y lo seguiré siendo hasta que reciba la herencia, si es que la recibo. Tu hermano me va a dejar sin un penique.

–Bueno, eso habrá que verlo –dijo Harper, sonriendo con malicia.

Lucy se estremeció. La sonrisa de su amiga era idéntica a la que Oliver le había dedicado antes de marcharse de su casa. Y no quería pensar en él.

–Cambiando de tema, ¿a quién se le ocurre hacer una fiesta de embarazada? Esas cosas ya no se llevan –dijo Lucy–. Y no creo que haya tantos hombres como crees, porque ningún hombre querría asistir a algo así.

–Conociendo a Emma y a su madre, no será una típica fiesta de embarazada, sino un acontecimiento social.

Lucy pensó que su amiga estaba en lo cierto cuando entraron en la mansión y oyó el distante sonido de un cuarteto de cuerda. Momentos después, el mayordomo se les acercó y les indicó el camino que debían tomar para llegar al salón de baile, lo cual aumentó su perplejidad. Siempre había pensado que los salones de baile eran cosa de palacios y grandes hoteles; pero, al parecer, los Dempsey no opinaban lo mismo.

El salón, en el que habían instalado varias mesas

redondas con manteles de lino y centros de flores, estaba lleno de gente. En la esquina más alejada había un bufé con comida y postres, incluida una tarta monumental; en la más cercana, la montaña de regalos que los invitados habían llevado a la anfitriona. Y todo el mundo iba tan elegante como ellas, si no más.

–Creo que la madre de Emma se ha excedido un poco –le susurró Harper–. Supongo que, como Emma y Jonah se fugaron a Hawái para casarse en secreto, Pauline se ha sentido obligada a dar una fiesta por todo lo alto.

Lucy asintió mientras miraba a la multitud, asombrada. Se había hecho amiga de Harper, Emma y Violet en la universidad, porque vivían en un colegio mayor y sus diferencias sociales no se notaban tanto; pero al verse allí, entre la flor y nata de la alta sociedad neoyorquina, fue dolorosamente consciente de ellas. Incluso con la fortuna de Alice, seguía siendo una simple chica de Ohio.

–Tengo que hablar con cierta persona. ¿Te importa quedarte sola un momento? –dijo Harper.

–No, claro que no –replicó Lucy, con una sonrisa.

Harper desapareció entre la gente, y Lucy aprovechó para llevar su regalo a la mesa donde estaban los demás, vigilados por dos guardias. Luego, se dirigió al bufé para servirse un vaso de limonada y, justo entonces, oyó una voz.

–¡Lucy!

Eran Emma y Violet. La primera estaba visiblemente embarazada y la segunda, algo menos, aunque su embarazo también resultaba evidente.

–Vaya dos –bromeó Lucy.

–Y que lo digas. Aún me quedan cuatro semanas para el parto –se quejó Emma, frotándose el estómago.

–Peor es lo mío –intervino Violet, que suspiró–. Me quedan cuatro meses.

El embarazo de Violet había sido una sorpresa para todas, empezando por la propia Violet. Su novio y ella, que siempre habían tenido una relación complicada, habían tomado la decisión de casarse después de tener un accidente de tráfico y de descubrir que iban a tener un hijo. Pero, a diferencia de Emma, Violet no se iba a casar antes de dar a luz. Quería una boda por todo lo alto, y no estaba dispuesta a casarse sin haber recuperado la figura.

–¿Qué va a ser? ¿Niño? ¿O niña? –se interesó Lucy–. Me dijiste que te iban a hacer una ecografía.

Violet se ruborizó y, tras girarse hacia Emma, dijo:

–No lo voy a anunciar hoy porque no quiero restar protagonismo a Emma y Jonnah. Al fin y al cabo, es su noche. Pero os lo diré a vosotras… Voy a tener un niño.

–¡Excelente! –dijo Emma, abrazando a Violet–. ¡Se casará con mi hija!

Durante los minutos siguientes, Lucy se sintió fuera de lugar. Sus amigas se enfrascaron en una conversación sobre el embarazo, tan inevitable como lógica. Pero, para ella, fue una verdadera tortura: no había salido con nadie desde sus tiempos en la universidad, y su sueño de tener hijos se había convertido en una fantasía.

31

Justo entonces, apareció la madre de Emma, Pauline Dempsey.

–¿Podrías venir un momento? –dijo a su hija–. Quiero presentarte a un par de amigos de tu padre. Y luego, me gustaría que Jonah y tú os suméis al brindis que vamos a hacer en vuestro honor.

Emma sonrió a sus amigas y se fue con Pauline.

–Ahora que estamos a solas, ¿qué ha pasado contigo? –preguntó Violet a Lucy–. Harper me ha dicho que es una gran noticia, aunque no ha entrado en detalles.

Lucy frunció el ceño. Por una parte, no quería hablar de la herencia de Alice sin estar segura de que la iba a recibir; pero, por otra, era consciente de que Emma y Violet se enterarían de todas formas.

–No es una noticia. Bueno, todavía no.

–No me digas que te has quedado embarazada…

–Por supuesto que no –dijo, sorprendida–. Para quedarme embarazada, tendría que haber hecho el amor con alguien.

Violet se encogió de hombros.

–No necesariamente. Yo estoy esperando un hijo y no recuerdo cuándo lo concebí, aunque supongo que hubo sexo de por medio –ironizó.

–Ya, pero lo tuyo es distinto. Te recuerdo que sufriste un accidente de tráfico y que olvidaste una semana entera de tu vida. Pero estoy segura de que Beau y tú hicisteis el amor –dijo Lucy–. Por cierto, ¿cómo lo vais a llamar?

–Beau quiere que tenga un nombre griego tradicional, aunque yo preferiría uno inglés y más moderno, como Lennox o Colton.

–¿No ha venido a la fiesta?

–No, tenía demasiado trabajo. Y, por otro lado, no le apetecía.

Ella asintió en silencio. La actitud de Beau había mejorado bastante desde que supo que iban a tener un hijo, pero eso no significaba que le cayera bien. Violet y él habían discutido más veces de las que podía recordar. Se separaban, hacían las paces y se volvían a separar. No eran precisamente una pareja perfecta, aunque Lucy estaba segura de que su amiga saldría adelante en cualquier caso. Era una mujer muy fuerte.

–Será mejor que me siente un rato. Me duelen mucho los pies –se quejó Violet–. Ya hablaremos más tarde… No he olvidado que tienes una gran noticia que dar.

Violet se marchó, y Lucy echó un trago de limonada.

–¿Una gran noticia? ¿Qué podrá ser?

Lucy estuvo a punto de atragantarse al oír la ronca e irónica voz de Oliver Drake, que la miraba con una irritante sonrisa de satisfacción. Se había acercado sin que ella se diera cuenta y, por lo visto, quería iniciar el segundo asalto de su combate particular.

Oliver estaba dispuesto a admitir que se había equivocado con Lucy, pero solo en lo tocante a su supuesta falta de atractivo. ¿Cómo era posible que hubiera estado tan ciego?

Aquel día, llevaba un precioso vestido de color blanco. No tenía mangas y, como se había recogido el pelo con una diadema, potenciaba el grácil efecto de su cuello de cisne y la delicada línea de sus pómulos. Estaba tan guapa que parecía brillar; tan guapa, que la mente de Oliver se quedó en blanco unos segundos.

–¿Qué gran noticia tienes? –insistió después, saliendo de su hechizo–. Espero que sea muy buena, porque lo vas a necesitar. No todo el mundo hereda una fortuna y la pierde de inmediato.

Ella arrugó la nariz, derivando la atención de Oliver hacia sus tentadoras pecas.

–No tienes vergüenza, Oliver. ¿Te presentas en la fiesta de una de mis mejores amigas sin más intención que molestarme? ¿Dónde está tu sensibilidad? Estamos aquí por Emma y Jonah, no por tus ridículos deseos de venganza.

Oliver echó un vistazo rápido a su alrededor, consciente de que la vehemencia de Lucy había provocado que varias personas se giraran hacia ellos. Si seguían así, se arriesgaban a montar una escena; pero eso no entraba en sus planes, así que la tomó de la muñeca y la llevó hacia el balcón más cercano, que daba a la enorme terraza del lado este.

–¡Suéltame! –exclamó ella cuando salieron.

Oliver la soltó y dijo:

–¿Es que no tienes sentido común? ¿Que quieres, que nos peleemos delante de mis amigos y colegas de trabajo?

–¿Que yo no tengo sentido común? –preguntó, frotándose la muñeca que Oliver acababa de soltar–. ¡Has empezado tú! Y son mis amigos y colegas, no los tuyos.

—Disculpa, pero la culpa es tuya. Y no te adjudiques la amistad de los invitados, como has hecho con la fortuna de mi tía. También son amigos míos.

—Yo no me he adjudicado la fortuna de tu tía. No haría eso en ningún caso, aunque me sintiera con derecho a quedármela —se defendió—. Contrariamente a lo que puedas pensar, ha sido un regalo de Alice… Un regalo, algo que hacen las personas buenas, aunque tú no lo puedas ni imaginar.

—Por supuesto que puedo. Yo soy una de esas personas —replicó él, súbitamente incómodo—. No sabes nada de mí.

—¡Ni tú de mí!

—Es posible, pero sé que gritar no es propio de una dama.

—Ni abusar de la gente.

—Cierto —dijo él—. Pero yo no soy una dama.

Lucy lo miró con una mezcla de irritación y humor, como si su comentario le hubiera parecido gracioso e intentara disimularlo.

—No, ni una dama ni un caballero. Eres un maldito…

—¡Alto, no sigas! —la interrumpió, sonriendo—. No he venido a discutir contigo, Lucy.

Ella respiró hondo y lo miró a los ojos.

—Entonces, ¿qué haces aquí?

—He venido porque me han invitado. Jonah y yo somos viejos amigos. ¿Harper no te lo había dicho?

—No, no me lo había dicho. Aunque eso explica unas cuantas cosas.

Oliver soltó una carcajada.

–¿Creías de verdad que me he subido al coche y he hecho un viaje de dos horas sin más objetivo que molestarte?

Lucy se mordió el labio inferior y se giró hacia la balaustrada de la terraza.

–Bueno, ten en cuenta que no habíamos coincidido nunca en ningún sitio –se defendió–. Es lógico que tu presencia me haya parecido sospechosa.

Él se acercó, se apoyó en la balaustrada y dijo:

–Sí, puede que tengas razón.

Lucy se quedó atónita.

–¿He oído bien? ¿Me estás dando la razón? ¿A mí?

–Por supuesto que sí –respondió con sorna–. Me he puesto un traje, me he gastado una fortuna en un regalo para mis amigos y he venido a un sitio que está en mitad de ninguna parte porque ardía en deseos de verte.

Ella entrecerró los ojos.

–Tu ironía no me hace ninguna gracia, y tampoco me hace gracia que me acoses. Me estoy perdiendo la fiesta por tu culpa.

–Puedes irte cuando quieras. ¿Quién te lo impide?

–No voy a caer en tu trampa, Oliver. No voy a volver a la fiesta para que me organices otra escena o me saques otra vez a la fuerza –declaró–. No, nada de eso. Si tenemos que discutir, discutiremos aquí.

Oliver se dio cuenta de que sus labios temblaban ligeramente, como si su enfrentamiento le hubiera afectado de verdad, y se sintió culpable.

–¿Te encuentras bien?

–Sí. ¿Por qué?

–Porque estás temblando. ¿Tanto te he molestado?

Lucy sacudió la cabeza.

–Estoy temblando porque hace mucho frío. No llevo ropa para discutir al aire libre en esta época del año.

Oliver se quitó rápidamente la chaqueta y se la puso por encima de los hombros, para sorpresa y agrado de Lucy.

–Gracias –dijo ella.

–De nada. Como ves, no soy tan malo.

–Me alegro de saberlo. Empezaba a sentir pena de Harper por haber tenido que crecer contigo –replicó.

–Bueno, puedes sentir pena si quieres. Reconozco que fui un hermano mayor terrible. Le hice la vida imposible –dijo con humor–. Una vez, cuando ella tenía ocho años, la convencí de que el florero Ming de mi padre era de plástico, y de que rebotaría si lo tiraba al suelo… Mi padre no la creyó cuando le contó que yo la había engañado, y la castigó a no poder salir durante una semana.

Lucy sonrió a su pesar.

–¿Por qué eres tan súbitamente amable conmigo? En lugar de atacarme, te dedicas a contarme anécdotas para que me sienta mejor. ¿Qué pretendes, Oliver?

Oliver pensó que era una buena pregunta. No tenía ningún plan. La había sacado a la terraza para evitar una escena y, cuando dejaron de discutir, descubrió que le gustaba hablar con Lucy. Tenía un encanto natural. Cuanto más tiempo estaba con ella, más tiempo quería estar. De hecho, empezaba a entender la decisión de su tía: si hasta él sucumbía, Alice habría sido una presa fácil.

–No pretendo nada –respondió–. Pero me pregunto qué vio mi tía en ti.

Lucy no pudo protestar, porque él alzó la mano y siguió hablando.

–No te pongas a la defensiva, que no lo he dicho con mala intención. He estado pensando que Alice no te habría dejado quinientos millones de dólares si no hubiera creído que eres una persona verdaderamente única. Y siento curiosidad al respecto. Quiero saber más cosas de ti.

Lucy arrugó la nariz una vez más.

–¿Y qué has averiguado hasta ahora?

Oliver decidió ser sincero.

–Que me caes bien. Me gustas más de lo que deberías, teniendo en cuenta las circunstancias. Hasta ahora, has demostrado ser una adversaria inteligente, sagaz y bella.

–¿Me acabas de llamar bella?

Oliver asintió; pero, antes de que pudiera contestar, ella se echó en sus brazos y lo besó, dejándolo completamente desconcertado. No lo esperaba en absoluto. Jamás habría imaginado que su conversación terminara de esa manera.

Su sorpresa aumentó un poco más cuando Lucy convirtió el tentativo beso inicial en un beso apasionado, obligándolo a dejarse llevar. Quizá no fuera la decisión más adecuada, pero se descubrió incapaz de apartarse de ella. Era la mujer más entusiasta que había besado nunca, y su boca sabía tan bien que lo estaba volviendo loco.

Pero la magia no duró mucho.

Lucy rompió el contacto, y él sintió una descarga de deseo tan innegable como irracional, porque era lo último que necesitaba en ese momento de su vida. Además, no era una mujer cualquiera, sino la heredera de su Alice.

Oliver tuvo que hacer un esfuerzo titánico para no besarla otra vez. Y se alegró de haberlo hecho cuando, de repente y sin aviso, ella alzó un brazo y le pegó un puñetazo en la nariz.

Capítulo Cuatro

–¿Qué demonios estás haciendo? –preguntó ella, enfurecida.

Oliver tardó unos segundos en reaccionar. No entendía nada. Primero, le besaba; después, le pegaba un puñetazo y, por último, le gritaba sin venir a cuento.

–¿Quién? ¿Yo? –acertó a decir–. ¡Eres tú quien me ha besado!

–¡Eso no es cierto!

Oliver se frotó la nariz. No se la había roto, pero sangraba.

–Claro que lo es. Te he dicho que eres bella y te has arrojado a mis brazos.

Lucy debió de comprender que Oliver estaba diciendo la verdad, porque se ruborizó y se puso automáticamente a la defensiva.

–Sí, bueno… pero… tú me has devuelto el beso.

Oliver suspiró.

–Le ruego que acepte mis disculpas, señorita Campbell –replicó él con ironía–. La próxima vez que una mujer me bese, esperaré a que termine y le daré yo un puñetazo.

Lucy retrocedió, asustada. Oliver se sacó un pañuelo y se limpió la sangre de la nariz.

–No te preocupes. No he pegado a una mujer en

toda mi vida, y no voy a empezar a ahora –continuó–. Pero te agradecería que tú me mostraras el mismo respeto. Además, ¿qué ha pasado con las tradicionales bofetadas? ¿Ya no están de moda? ¿Es que ahora se llevan los puñetazos? Y menudo puñetazo… pegas con mucha fuerza.

–Porque voy a clases de *kickboxing* –declaró, avergonzada–. Siento haberte pegado. Ha sido un acto reflejo. Me he asustado.

Oliver bufó.

–¿Cómo es posible que te hayas asustado de una situación que has provocado tú misma? Ha sido cosa tuya.

–¿Seguro que solo ha sido cosa mía? –preguntó ella–. Me has halagado y te has acercado a mí como si quisieras besarme.

Oliver parpadeó, confuso. No recordaba haberse acercado, pero cabía la posibilidad. Lucy le gustaba cada día más, y disfrutaba mucho de sus conversaciones; especialmente, cuando conseguía que se ruborizara. De hecho, había fantaseado varias veces con la idea de probar sus labios y sentir el calor de su cuerpo. Pero todo había sido tan rápido que no había podido saborearlo.

Sin embargo, no estaba dispuesto a decírselo. Por muy bella y sensual que fuera, le seguía pareciendo una estafadora que había manipulado a su hermana y a su tía y que no desaprovecharía la oportunidad de manipularlo a él.

–No he venido a la fiesta para verte a ti; y, por supuesto, tampoco he venido a seducirte. Sé que soy un hombre atractivo, y comprendo que te pueda gustar; pero no he hecho nada para que creas que tú me gustas a mí.

Lucy se quedó boquiabierta durante unos segundos. Luego, frunció el ceño y dijo:

—No me has besado como si no te gustara.

Oliver se encogió de hombros.

—Porque no quería ser grosero.

—¿Estás diciendo que has fingido por educación?

—Sí, claro que sí —respondió con arrogancia.

Lucy escudriñó detenidamente su rostro y, a continuación, sacudió la cabeza.

—No, no te creo. Creo que eres demasiado orgulloso para admitir que te gusto. Sobre todo, porque piensas que te he robado la herencia de Alice.

Oliver entrecerró los ojos, algo desconcertado con el rumbo de su conversación. Se suponía que la estaba presionando para descubrir sus secretos y obligarla a confesar que era un fraude; pero Lucy lo había puesto a la defensiva y, por si eso fuera poco, casi había conseguido que se rindiera a sus encantos.

—No sé por qué estás tan segura de lo que pienso o dejo de pensar, pero te demostraré que estás equivocada.

Oliver dio un paso hacia ella. Lucy deseó retroceder, pero sacó fuerzas de flaqueza y se mantuvo impasible.

—¿Qué vas a hacer? —preguntó.

En respuesta, él cerró las manos sobre su cara y le dio un beso en los labios, un beso que debía ser tan leve como intrascendente, un simple gesto para demostrarle que tenía razón. A fin de cuentas, había besado a muchas mujeres a lo largo de su vida, y estaba seguro de que Lucy no sería más irresistible que las demás.

Pero lo era.

En cuanto sintió el contacto de sus labios, notó una descarga de deseo que le aceleró el pulso y le obligó a asaltar su boca sin contemplaciones. No lo pudo evitar, ni aun estando convencido de que jugaba con él. Y a Lucy le pasó lo mismo: cerró los brazos alrededor de su cuello, se puso de puntillas y se dejó llevar entre gemidos de placer mientras apretaba los senos contra su duro pecho.

Oliver estuvo a punto de perder el control. Se había excitado tanto que solo quería desnudarla y acariciar sus tentadoras curvas. Pero se acordó de su padre y de lo que Candance le había hecho, lo cual bastó para que recobrara el sentido y se apartara de ella.

Fue casi doloroso. Un beso inocente, que solo pretendía ponerla en su sitio, se había transformado en algo distinto. Ya no estaba jugando al gato y al ratón. Ya no se trataba de que sintiera curiosidad por la mujer que, aparentemente, había estafado a su tía. Ahora la deseaba. La deseaba más de lo que había deseado a nadie.

El tiro le había salido por la culata, pero no lo iba a reconocer.

—¿Lo ves? —dijo, retrocediendo un poco más.

—¿Qué es lo que tengo que ver?

Lucy lo preguntó con sensualidad, porque aún seguía bajo los efectos del beso. Si hubiera sido otra

43

mujer, Oliver la habría tomado entre sus brazos y la habría besado de nuevo; pero seguía convencido de que intentaba atraparlo en sus redes de seductora, así que se refrenó.

–Que estás completamente equivocada. Ha sido un beso fingido, igual que el anterior. No he sentido nada en absoluto.

Lucy apretó los puños como si se dispusiera a pegarle otra vez. Y Oliver se alegró de haberse puesto fuera de su alcance.

–¿Me estás tomando el pelo?

Él sonrió. Su mentira había surtido el efecto deseado, aunque cruzó los dedos para que la chaqueta del traje que llevaba ocultara su erección. No se podía permitir el lujo de que Lucy se diera cuenta. La encontraba absolutamente irresistible y, si ella lo descubría, podría manipularlo a su antojo.

–Claro que no. He dicho que no me gustas y te lo he demostrado, Lucy. Tengo mucha experiencia dando besos, pero eso no significa que sean sinceros –contestó con frialdad–. En cualquier caso, me alegro de haber aclarado ese punto. No quiero más confusiones en nuestra relación. Y ahora, si me disculpas, me gustaría volver a la fiesta. Están a punto de brindar por nuestros amigos.

Lucy se quedó atónita, sin saber qué decir.

Oliver se despidió, pasó a su lado y volvió a la fiesta.

***

Lucy no había conocido a un hombre tan arrogante y grosero en toda su vida. La había dejado tan fuera de sí que se tuvo que quedar unos minutos en la terraza, intentando recobrar la compostura. No se sentía con fuerzas para volver con los demás y comportarse como si no hubiera pasado nada.

Era del todo imposible. Si sus amigas la veían así, roja de ira y visiblemente alterada, la acribillarían a preguntas que no estaba preparada para responder. Además, aún le dolían los nudillos de la mano con la que había pegado a Oliver. Aunque no se arrepentía de haberlo hecho. Solo se arrepentía de haberlo hecho antes de la cuenta, porque su comportamiento posterior merecía un buen puñetazo en la nariz.

No, definitivamente no tenía más remedio que esperar un poco. La casa estaba llena de gente, pero no había tantos invitados como para no toparse otra vez con él. Y, si no había recuperado el aplomo para entonces, solo tendría dos opciones: marcharse de la casa o montar una escena delante de todo el mundo, lo cual arruinaría la fiesta y provocaría un sinfín de rumores sobre lo que había pasado entre ellos.

Decidida, abrió el bolso y sacó el espejo. Su pelo y su maquillaje estaban bien, pero el carmín de sus labios había desaparecido, lo cual no era de extrañar. Había sido un beso de lo más apasionado, y lo había sido por ambas partes, dijera lo que dijera Oliver. Lo había sentido en todo su cuerpo. Lo había notado en su calor, en su respiración y, sobre todo, en algo bastante más sincero que las palabras: en su erección.

Lucy no tenía ninguna duda al respecto. Oliver la

deseaba. Pero, ¿por qué lo había negado? ¿Por qué había intentado convencerla de que solo estaba fingiendo? Solo había una respuesta posible, que aumentó su irritación. Estaba jugando con ella porque se había empeñado en creer que era una especie de estafadora.

¿Por qué se comportaba así? En lugar de darle una oportunidad y de sacar sus propias conclusiones a partir de los hechos, se aferraba a una mentira. Una mentira que, para empeorar las cosas, contradecía abiertamente la opinión de Harper.

Fuera como fuera, se pintó los labios de nuevo y volvió a la fiesta, donde descubrió que se había perdido el brindis. El cuarteto estaba tocando otra vez, y a la gente había regresado a sus conversaciones anteriores. Pero, cuando sus amigas la vieron, la miraron de forma extraña, como si hubiera ocurrido algo.

–¿Qué ha pasado? –preguntó Lucy al llegar donde estaban.

Emma arqueó una ceja.

–¿Lo preguntas en serio?

–Sí, claro que sí. Me he perdido el brindis porque he salido a la terraza. Necesitaba un poco de aire fresco.

–Para recuperarte de mi hermano, ¿no? –intervino Harper.

Lucy se quedó helada.

–¿Qué? ¿Cómo sabes…?

–Esta casa tiene un montón de balcones –dijo, señalándoselos–. Todos los que estaban mirando te han visto con Oliver.

–Oh, vaya.

–Venga, cuéntanoslo de una vez –la instó Emma–. ¿Qué hay entre vosotros?

–¿Estás saliendo con el hermano de Harper? –preguntó Violet.

–¡Por supuesto que no! –replicó Lucy con vehemencia–. No sé lo que habréis visto exactamente, pero solo ha sido…

–¿Alucinante? –la interrumpió Emma.

–¿Una puesta a punto? –se burló Harper.

–¿Un boca a boca? –ironizó Violet.

–Un error –afirmó Lucy–. Y cuando os dé la noticia que Harper os ha mencionado, entenderéis por qué.

–Sentémonos, entonces –dijo Emma–. Estoy agotada, y quiero que me lo cuentes todo.

Las cuatro amigas se dirigieron a una mesa alejada de la gente y se sentaron. Después, Lucy respiró hondo y anunció:

–Alice me hizo beneficiaria de su testamento.

–Me alegro mucho –declaró Emma–, aunque no me extraña demasiado. A fin de cuentas, estabais muy unidas.

–Sí, ese es uno de los problemas.

–¿Problemas? ¿Qué problema puede tener una herencia? –se interesó Violet.

–Que me lo ha dejado prácticamente todo –contestó Lucy–. Quinientos millones de dólares en propiedades, inversiones y cuentas bancarias.

Emma y Violet se quedaron atónitas, y Harper se limitó a sonreír con satisfacción; probablemente, porque estaba convencida de que todo saldría bien. Sin embargo, Lucy no estaba tan segura como ella.

—¿Quinientos millones? —dijo Emma, sin salir de su asombro.

Lucy se limitó a asentir.

—¿Cómo es posible que no estés contenta? —preguntó Violet, frunciendo el ceño—. Si yo estuviera en tu lugar, saltaría por los tejados y me encendería puros con billetes de cien.

—No tengo motivos para estar contenta, Violet. Tal como van las cosas, es probable que me quede sin nada.

—¿Por qué? —intervino Emma.

—Por culpa de Oliver —dijo Harper—. Mi familia cree que Lucy manipuló a mi tía para quedarse con toda su fortuna, y mi hermano es de la misma opinión.

—Os prometo que yo no sabía nada. Jamás habría imaginado que Alice tenía intención de nombrarme heredera.

—No es necesario que nos des explicaciones —declaró Violet, sacudiendo la cabeza—. Te conocemos bien, y sabemos que no eres una estafadora. Si Alice te dejó su fortuna, sería porque te lo mereces. Además, el dinero era suyo, y podía hacer con él lo que quisiera.

—Sí, pero intentarán demostrar que Alice no estaba en su sano juicio cuando redactó su último testamento. No os lo había dicho antes porque no quería que os hicierais ilusiones. Oliver cuenta con un equipo de abogados que están decididos a aplastarme —explicó Lucy—. Sinceramente, no creo que yo tenga ninguna posibilidad.

–Entonces, ¿por qué lo estabas besando antes? –dijo Emma, desconcertada.

Lucy se sintió profundamente incómoda.

–Oliver se presentó el otro día en la casa, y tuvimos una discusión. Cuando nos hemos encontrado, hemos vuelto a discutir, y él me ha sacado a la terraza para que no le montara una escena –acertó a decir–. No sé cómo ha pasado; pero, de repente, nos estábamos besando... y luego me ha besado por segunda vez para demostrarme que no había sentido nada, que solo fingía.

–¿Y qué le ha pasado en la cara? –preguntó Harper–. Estaba rojo como un tomate cuando le he visto.

–Porque le he pegado un puñetazo en la nariz.

Violet se tapó la boca en un esfuerzo por contener la risa; pero Emma no fue tan sutil, y soltó una carcajada que contagió rápidamente a sus amigas.

–¿Lo dices en serio?

Lucy asintió, entre risas.

–Sí. Y no se lo merecía –dijo–. Bueno, no se lo merecía en ese momento.

–Oh, estoy segura de que se lo ha buscado él –intervino Harper–. El simple hecho de que haya llevado el testamento de Alice a los tribunales merece un buen golpe.

–¿Por qué ha hecho eso? –preguntó Emma–. No necesita dinero. Jonah dice que es inmensamente rico.

–Y es cierto –dijo Harper–. Le ha ido muy bien con el negocio de mi padre. Pero esto no tiene nada que ver con el dinero.

–Si no es una cuestión de dinero, ¿cuál es el problema? –dijo Lucy–. Esta ha sido la semana más extraña de toda mi vida. Soy rica, pero no lo soy. Estoy en el paro, pero es posible que no tenga que volver a trabajar en mi vida. No tengo casa, pero puede que sea dueña de un piso en la Quinta Avenida que está lleno de obras de arte… Y, por si eso fuera poco, tu familia la ha tomado conmigo. No entiendo nada de nada.

Harper se inclinó hacia Lucy y la tomó de la mano.

–Lo sé, y no sabes cuánto lo siento. Si hubiera sabido que la herencia de mi tía te iba a meter en este lío, te habría avisado antes. Sin embargo, mi familia no tiene nada contra ti. No es personal. Atacarían a cualquiera que estuviera en tu posición. Llevan años esperando a recibir esa herencia, y no la quieren perder.

–Pues tienes una familia maravillosa –ironizó Lucy–. Vuestras fiestas serán dignas de verse.

–No son tan malos como parecen. De hecho, todos tienen más dinero del que pueden gastar, pero se habían hecho a la idea de que se repartirían la herencia y se han llevado un buen chasco. Creen que les has arrebatado algo suyo, y no les importa si eres inocente o culpable.

–¿No puedes hablar con Oliver y hacer que entre en razón? –declaró Emma.

–Lo he intentado, pero ni siquiera me devuelve las llamadas. Tendremos que esperar a que el caso llegue a los tribunales. Si el juez es una persona justa, se dará cuenta de lo que pasa y fallará contra mi familia. Aunque, francamente, no sé por qué te está molestando tanto mi hermano, Lucy. Si vuelve a ir a la casa, llámame.

Lucy asintió de nuevo.

—De acuerdo, pero dejemos ya el asunto. No hemos venido a hablar de mis problemas, sino a celebrar que Emma y Jonah van a ser padres.

—Me alegra que digas eso, porque estoy hambrienta —les confesó Emma—. Pero cada vez que intento servirme un plato, alguien se pone a hablar conmigo o me pide que le deje tocarme el estómago.

—Entonces, ¿por qué estamos perdiendo el tiempo? Ya es hora de que cortes esa preciosa tarta —dijo Lucy—. Nos aseguraremos de que puedas comerte un trozo sin interrupciones.

Los ojos de Emma se iluminaron.

—Es de vainilla, moras y nata —les informó—. Está tan buena que, cuando fuimos a la cata, Jonah me tuvo que quitar el plato para que dejara de comer.

—Vaya, suena muy bien —intervino Violet—. A Beau le preocupa que coma demasiado, y llevo un mes muerta de hambre. Dice que me voy a pasar de peso, pero yo creo que el embarazo es una gran oportunidad para disfrutar de la comida sin sentirse culpable. El bebé y yo ardemos en deseos en probar esa maravilla.

—Pues no se hable más. Serviremos tarta a nuestras embarazadas.

Capítulo Cinco

–¿Qué estás haciendo aquí?

Oliver sonrió al ver la cara de irritación de Harper. Parte de su vida consistía en hacerla rabiar, así que se alegró mucho cuando le abrió la puerta del piso de Alice. Además, su presencia no le sorprendió. Se había cruzado con unos repartidores de Saks que se disponían a descargar una furgoneta, y estaba casi seguro de que su hermana tenía algo que ver en el asunto. A fin de cuentas, era una fanática de la ropa cara.

–He visto a los de Saks y he querido subir a saludar. ¿Para quién es la ropa, por cierto? ¿Para Lucy? ¿O para ti?

–Para Lucy.

Harper no se apartó de la entrada. Parecía decidida a cerrarle el paso; pero, justo entonces, dos hombres y una mujer elegantemente vestida salieron del ascensor.

La actitud de su hermana cambió por completo. Sonrió de oreja a oreja y, tras apartarse, saludó a los recién llegados.

–¡Hola! –dijo–. Pasen, por favor.

Oliver aprovechó la circunstancia para colarse y se sentó en el sofá del salón, atento a lo que, en principio, iba a ser un interesante pase de modelos. Había visto a Lucy lo suficiente como para saber que necesitaba renovar completamente su vestuario. Tenía unas cuantas prendas de calidad, pero solo porque Harper se las había regalado. De hecho, le extrañaba que hubiera esperado tanto tiempo para empezar a comprar.

¿Qué compraría en primer lugar con el dinero de Alice?

Los dos hombres de Saks dejaron un perchero junto a la chimenea y se fueron. La mujer alcanzó rápidamente la ropa y se la mostró a Harper, pensando que era la clienta. Lucy ya había visto a Oliver, y preguntó a su amiga:

–¿Qué está haciendo aquí?

Harper suspiró.

–Sinceramente, lo desconozco. Pero necesitas un vestido para la gala, y puede que la opinión de un hombre nos venga bien.

Lucy arrugó la nariz, se giró hacia la ropa y miró las etiquetas.

–Valen una fortuna –dijo en tono de protesta–. No quiero gastarme tanto dinero.

–Ahora eres millonaria –le recordó Harper–, y tienes que estar a la altura de las circunstancias. Además, ¿no querías entrar en el mundo del arte? El acto de esa galería es una oportunidad para presentarte como Lucy Campbell, una mujer independiente. Ya no eres la chica que trabajaba para mi tía, y la gente lo sabe. La invitación no está a nombre de Alice, sino del tuyo.

Lucy sacudió la cabeza bajo la atenta mirada de Oliver.

–No lo entiendo. ¿Cómo es posible que me hayan invitado a mí? ¿Cómo han sabido que he heredado una fortuna?

–Las noticias vuelan, te guste o no. Supongo que Wanda se lo habrá contado a su círculo de amigos, y que estos se habrán ido de la lengua –respondió–. Pero el mundo del arte es muy pequeño, y la gente estaría ansiosa por saber quién se había llevado los millones de Alice. Esas cosas no se pueden mantener en secreto.

–Hablas como si pudiera usar ese dinero, pero no es verdad –dijo Lucy, señalando a Oliver–. Tu hermano ha paralizado el asunto, y solo tengo lo que ahorré para volver a la universidad. No me lo puedo gastar en un vestido. ¿Qué pasaría si al final no recibo la herencia?

–Pruébatelos de todas formas –insistió Harper–. No pierdes nada.

–Está bien…

La vendedora de Saks sacó el vestido más caro de todos.

–Empecemos con este. ¿Dónde se lo puede probar?

Lucy se fue con ella por un pasillo, y Harper se quedó mirando la ropa.

Oliver estaba desconcertado. Creía que Lucy se apresuraría a comprar vestidos de diseñador para jactarse en público por todo Manhattan, pero se había equivocado con ella. Para decepción de Harper, no parecía disfrutar de su estatus de rica. Se comportaba de un modo radicalmente distinto al de Candance, quien nunca había perdido la oportunidad de echar mano a las tarjetas de su padre y gastarse verdaderas fortunas en joyas y ropa.

Por supuesto, Lucy tenía un problema que complicaba las cosas. Al llevar la herencia a los tribunales, él había conseguido que no la pudiera tocar; pero algunos bancos habrían estado encantados de concederle un crédito. ¿Por qué no lo había pedido?

Tras sopesarlo unos momentos, llegó a la conclusión de que Lucy no quería estropear su imagen de mujer inocente, incapaz de romper un plato. Quizá fuera esa la razón. Y quizá le estaba dando demasiadas vueltas.

¿Qué importaba si era culpable o inocente? A su cuerpo le daba lo mismo. Lucy le habría gustado en cualquier caso, lo cual era un peligro. Su padre se había dejado llevar por el deseo y había terminado al borde de la bancarrota.

Segundos después, su mente se quedó en blanco. Lucy volvió a la habitación con un vestido oscuro tan fino y ajustado que parecía desnuda. Y, para aumentar su excitación, se giró hacia Harper para enseñárselo y le mostró una espalda casi completamente abierta, que no dejaba mucho a la imaginación.

–Es de Giorgio Armani –dijo la vendedora–. Queda fantástico con su color de piel.

Las mujeres departieron unos instantes. Luego, Harper miró a su hermano y dijo:

–¿Qué opinas tú? Ya que te empeñas en estar aquí, podrías ser de utilidad…

Oliver tragó saliva.

–Opino que parece desnuda. Y, para ir desnuda, no necesita comprarse un vestido –respondió–. Si está dispuesta a gastarse tanto dinero, debería elegir ropa de verdad.

Lucy soltó una carcajada al ver la expresión de espanto de la vendedora, y a Oliver le encantó que su comentario le hubiera divertido. Tenía una sonrisa preciosa. Una sonrisa que él no había visto hasta entonces. Probablemente, porque había hecho todo lo posible para que frunciera el ceño.

–¿Adónde tiene que ir? –preguntó a Harper cuando Lucy se marchó.

–A una gala del Museo de Arte Moderno. Es el sábado por la noche.

–Ah –dijo Oliver–. Yo también tengo una invitación. Champán, esculturas raras y gente que te presiona para que les firmes cheques. La habrán invitado por eso. Querrán echar mano a su fortuna.

–¿Y por qué te invitan a ti? Por lo mismo –le recordó Harper–. Es una gala benéfica. Se trata de recaudar dinero. Pero hay una diferencia entre Lucy y tú: que ella sabe de arte, y sabrá lo que está mirando cuando entre en el museo.

Oliver hizo caso omiso del insulto. Al fin y al cabo, no era un ignorante en cuestiones artísticas. Había recibido una buena educación, incluso descontando sus antiguas visitas culturales en compañía de Alice. Pero el arte no le llamaba la atención; y el contemporáneo, menos que ninguno. ¿Por qué perder entonces su tiempo? ¿Qué ganaba memorizando nombres de artistas y significados de obras que no le decían nada?

La mujer de Saks volvió al salón. Parecía particularmente satisfecha, pero Lucy estaba tan incómoda que Oliver tuvo que hacer un esfuerzo para no reír. Llevaba un vestido negro con encajes que le habría quedado bien si solo hubiera sido eso, un vestido negro con encajes. Sin embargo, el diseñador le había cosido un montón de retales rosa que lo estropeaban por completo.

—¿Qué rayos es eso? —preguntó.

—¡Un Christian Dior! —respondió la vendedora, ofendida.

Lucy sacudió la cabeza y dijo:

—No. Definitivamente, no.

—¿No tiene ningún vestido que no sea obsceno ni haga daño a los ojos? —se interesó Oliver—. Además, no entiendo qué les pasa últimamente a las mujeres con los colores. Siempre visten de blanco o de negro.

La vendedora chasqueó la lengua y echó un vistazo rápido al perchero, desestimando las prendas blancas, negras y demasiado sugerentes.

—Solo hay uno que encaje en la descripción, aunque no es el que más me gusta. Es de un diseñador relativamente joven y poco conocido.

—Que se lo pruebe —intervino Harper—. Y no pongas tantas pegas, Oliver. No estás siendo de ayuda.

—Yo no tengo la culpa de que le traigan vestidos tan ridículos como el último que se ha probado. Sé que es que lo va a llevar en un museo, pero no está obligada a parecer un cuadro —se defendió él.

Harper sonrió a su pesar.

—Bueno, estoy segura de que este le va a quedar

bien. Y será mejor que estés de acuerdo conmigo, o te echaré de la casa –dijo–. ¿No tienes nada que hacer? ¿No deberías estar en tu empresa?

Oliver se encogió de hombros. Su empresa funcionaba a la perfección, y en ese momento estaba más preocupado por el enigma de Lucy, quien regresó al cabo de unos minutos.

Al verla, se quedó sin respiración. Se había puesto un vestido rojo, de escote pronunciado, que enfatizaba sus sensuales curvas. Era maravillosamente sencillo, sin encajes, retales o adornos, lo cual explicaba la reticencia de la vendedora: como sería más barato que los demás, su comisión también sería más baja.

–Me gusta mucho –anuncio Lucy–. Sobre todo, esto.

Lucy se dio la vuelta, enseñándoles una espalda tan despejada como la del primer vestido que se había probado.

Oliver se quedó hechizado con el paisaje de su piel. Pensó que los invitados a la gala arderían en deseos de acariciar su espalda desnuda, y sintió unos celos tan inesperados como inquietantes. Además, el vestido acentuaba sus altas y redondeadas nalgas, que le parecieron más excitantes que nunca.

–Sí, creo que me quedaré con este –dijo Lucy, mirando la etiqueta–. Además, no es tan caro como los demás.

Las mujeres se pusieron a charlar sobre el vestido, y Oliver cambió de opinión sobre la gala. No tenía intención de asistir; pero, si Lucy se iba a poner aquella maravilla roja, ¿quién era él para ausentarse?

Lucy estaba segura de que la mujer de Saks no volvería a su piso. Había comprado la prenda más barata de todas, que no se acercaba ni de lejos a lo que la vendedora pretendía sacar. Pero no se quería gastar una fortuna en un vestido de fiesta.

Aun así, le había costado el sueldo de medio mes. Demasiado para su gusto, aunque sería irrelevante si al final recibía la herencia de Alice. Además, Harper tenía razón: no podía ir a la gala con cualquier cosa.

El piso se vació rápidamente. Los hombres de Saks volvieron a recoger las prendas y se fueron con la decepcionada vendedora. Harper había quedado con alguien, y se marchó poco después. Oliver seguía en el sillón, pero Lucy se fue a cambiar de ropa con la esperanza de que ya no estuviera a su vuelta, y se llevó una sorpresa cuando lo encontró en el mismo sitio donde lo había dejado.

–No entiendo qué haces aquí.

Oliver sonrió y se levantó.

–Estaba por la zona y, al ver a los repartidores, he subido a saludar. Mi hermana nunca está lejos de la ropa de Saks.

–Pero Harper se ha ido y tú sigues en mi casa. ¿Qué quieres, interrogarme otra vez? ¿Someterme a un detector de mentiras?

Oliver cruzó el salón con las manos en los bolsillos, y ella intentó no fijarse en su mirada de depredador.

–¿Tienes hambre? –preguntó él.

–¿Cómo? –dijo ella, sorprendida.

–Es la hora de comer, y estoy hambriento. Si tú también lo estás, te invito.

Lucy dudó un momento, pero decidió aceptar la invitación. Si había ido a sonsacarle algún secreto, descubriría que no tenía ninguno. Y, entre tanto, ella comería gratis.

–De acuerdo. Iré a coger la chaqueta.

Salieron del edificio en silencio, y siguieron caminando del mismo modo. Ni hablaron ni se miraron ni se tocaron, pero Lucy era extrañamente consciente de su presencia. Su cuerpo parecía sintonizado con el de Oliver y, cuanto más cerca estaban, más se fijaba en todos y cada uno de sus movimientos.

Casi se sintió aliviada cuando llegaron a una zona llena de gente y se vieron obligados a abrirse paso entre la multitud, aunque su alivio duró poco: al ver que se estaba quedando atrás, Oliver la tomó de la mano, arrancándole un escalofrío de placer.

Al cabo de unos minutos, llegaron a un restaurante que Lucy desconocía. Solo entonces, él la soltó y preguntó:

–¿Te gustan las parrilladas coreanas?

Lucy se encogió de hombros, todavía alterada por su contacto.

–No lo sé, pero estoy dispuesta a averiguarlo.

Oliver sonrió y la acompañó hasta una de las mesas del fondo, que tenía una especie de parrilla en el centro. El camarero la encendió y les dio la carta, mientras Lucy observaba el objeto con perplejidad.

Evidentemente, estaba allí para que prepararan la carne a su gusto, algo que no había visto nunca.

Momentos después, él pidió una botella de vino tinto; pero Lucy opto por un refresco, porque no estaba segura de lo que pudiera pasar si mezclaba el alcohol con la excitación sexual que su acompañante le provocaba. Debía tener cuidado. No podía bajar la guardia. Por mucho que le gustara o muy caballeroso que fuera, cabía la posibilidad de que aquello formara parte de su plan para quitarle la herencia de Alice.

El camarero llegó entonces con sus bebidas y media docena de cuencos con verduras y arroz, entre otras cosas.

—¿Te puedo hacer una pregunta? —dijo ella momentos después.

Oliver probó el vino antes de contestar.

—Por supuesto.

—He vivido cinco años con Alice, y tu hermana era la única persona de tu familia que pasaba a visitarla. No lo entiendo. ¿Por no ibas a verla?

La expresión de Oliver se volvió extrañamente intensa. Era la misma expresión que tenía cuando la observaba con detenimiento y, como de costumbre, la incomodó.

—A mi tía no le gustaban las visitas. Si pasabas por su casa, te trataba como si fueras la persona más importante del mundo; pero, por muy buena anfitriona que fuera, lo odiaba con toda su alma. Yo quería ir a verla. La echaba mucho de menos. Solo me abstuve porque le causaba tanta ansiedad como salir a la calle —respondió—. Al final, le regalé un ordenador y se lo instalé para que nos pudiéramos escribir todos los días.

Lucy lo miró con asombro. ¿Cómo era posible que no se hubiera enterado? Además, Alice no le había dicho que se sintiera incómoda con las visitas. No había dicho nada al respecto.

–¿Hablabas con ella todos los días?

Oliver asintió.

–Mi tía era una mujer complicada, aunque pocos lo sabían –dijo–. Pero permíteme que sea yo quien pregunte ahora… ¿Hasta qué punto la conocías?

Lucy abrió la boca para responder y, justo entonces, se dio cuenta de que no tenía mucho que contar. Casi todas las cosas que se le ocurrían eran insustanciales, como el hecho de que se levantara temprano y fuera adicta a las comedias de televisión.

–Compartíamos el amor al arte. Le encantaba la comida china del restaurante del barrio, y siempre tomaba el té con una cucharada de azúcar –empezó a decir–. A decir verdad, era bastante discreta. No hablaba nunca de su familia ni de su infancia. Nunca supe si trabajó alguna vez o si se llegó a casar. Cuando te dije que no tenía idea de que pretendiera dejarme su fortuna, fui sincera contigo. No hablábamos de esas cosas.

–Alice no se casó con nadie. Mi padre me dijo que se enamoró de un joven en la década de 1940, pero lo llamaron a filas durante la guerra y falleció en combate –le explicó–. Por lo visto, mi abuelo estaba horrorizado con su actitud. Le presentaba hombres todo el tiempo, intentando que alguno le llamara la atención.

Pero no lo consiguió. Supongo que siempre estuvo enamorada de aquel chico.

Lucy se echó hacia atrás y frunció el ceño.

—Ahora entiendo la foto de su mesita de noche. Es de un soldado de la II Guerra Mundial. Debía de ser él.

Oliver asintió.

—Imagino que mi tía se acostumbró a vivir sola, y que decidió seguir sola el resto de su vida. Pero sus problemas de ansiedad empezaron mucho después.

—¿Mucho después? ¿Cuándo?

—Con el atentado contra las Torres Gemelas. Aquella mañana, Alice tenía que ir al World Trade Center para reunirse con uno de sus asesores financieros; pero, antes de salir, encendió la televisión y se enteró de lo que había pasado —dijo Oliver—. Si hubiera ido una o dos horas antes, habría estado en la Torre Norte cuando se estrelló el primer avión. Aquello la dejó tan impactada que no volvió a salir del piso.

Lucy se quedó boquiabierta. Jamás habría imaginado que su familia no iba a ver a Alice porque ella no quería. Y, por supuesto, tampoco habría imaginado que el 11S tuviera algo que ver con su negativa a salir de casa.

—¿Cómo era Alice antes del atentado?

Oliver sonrió.

—Muy divertida —dijo—. Tras la muerte de mi madre, mi padre nos dejaba en su casa a Harper y a mí cuando tenía demasiado trabajo. Nos llevaba al parque, al zoológico y, desde luego, a sus queridos museos. Era la mejor tía del mundo. No le preocupaba que nos ensuciáramos, ni se ponía pesada con la comida. Pero los años pasaron, y ella se fue encerrando en sí misma hasta terminar viviendo en una especie de crisálida.

–¿Por qué crees que lo hizo?

–Por miedo, supongo. Es extraño, teniendo en cuenta que fue la mujer más atrevida y excitante que he conocido. A veces me pregunto qué habría sido de ella si su novio no hubiera muerto en la guerra, si hubiera tenido amor y una familia propia… ¿Se habría encerrado también? No lo sé. Pero, sea como sea, su luz se fue apagando poco a poco. Y a mí me dolía terriblemente –le confesó.

El camarero llegó entonces con la carne de la parrilla, poniendo fin a su conversación y dando un respiro a Lucy, que se sintió aliviada. La historia de Alice era demasiado triste. Había perdido al amor de su vida y había tomado la decisión de seguir sola. Quizá fuera romántico, o quizá no; pero pensó que, tal como iban las cosas, ella podía terminar tan sola como su difunta amiga.

Mientras comían, se empezó a sentir avergonzada de sí misma. No sabía nada de él. De hecho, tampoco sabía mucho de su tía. Pero, a pesar de ello, había llegado a conclusiones evidentemente equivocadas sobre su relación.

Ahora sabía que Oliver siempre había querido a Alice. Sus ojos azules se iluminaban cuando hablaba de ella. Y, en cuanto al asunto de la herencia, su desconfianza era comprensible. ¿Qué sabía Oliver de su vida? Nada de nada.

Lo había juzgado mal. No se había dado cuenta de que estaban en la misma situación, cometiendo los mismos errores.

—Te debo una disculpa, Oliver.

Él dejó de comer y la miró.

—¿Por qué?

—Porque no he sido justa contigo ni con tu familia. Os odié durante años, ¿sabes? Veía sola a tu tía y me entristecía profundamente que nadie fuera a visitarla —dijo—. Creía que la habíais abandonado.

Lucy bajó la cabeza, ruborizada. Y, cuando la volvió a subir, Oliver la estaba mirando con tanto cariño que la dejó perpleja.

—Por eso perdí los nervios en la lectura del testamento —continuó—. Tuve la sensación de que erais tiburones nadando alrededor de una presa.

Oliver sonrió y se llevó un trozo de carne a la boca.

—Bueno, es normal que llegaras a esa conclusión —dijo después de tragar—. No eres la única persona que ha pensado ese tipo de cosas.

Él no dijo nada más, y ella comprendió que no se iba a disculpar por haberla acusado de ser una estafadora. Sin embargo, había reconocido que la había juzgado con demasiada severidad; y, aunque eso no significara que estuviera dispuesto a retirar a sus abogados, tal vez fuera más tolerante a partir de entonces.

Más tranquila, alzó su vaso a modo de brindis y preguntó:

—¿Una tregua?

Él alcanzó su copa de vino y sonrió.

—Trato hecho.

Capítulo Seis

–Bienvenido, señor Drake. Me alegro mucho de verlo.

Oliver miró a la mujer que estaba en la entrada del Museo de Arte Moderno, quien debía de formar parte del comité que organizaba la gala. Su cara le resultaba familiar, pero no sabía por qué.

–Siento mucho lo de su tía –continuó ella–. Fue una mecenas muy querida del museo y del mundo del arte en general.

Él asintió.

–Gracias –dijo–. ¿Sabe si ha llegado la señorita Campbell?

–Sí, llegó hace unos minutos.

La mujer le indicó que subiera al segundo piso de museo, donde se celebraba el acto. Al llegar a su destino, un camarero le ofreció una copa de champán, que él aceptó. No se podía decir que ese tipo de acontecimientos sociales le parecieran divertidos; pero, afortunadamente, siempre ofrecían alcohol: una buena forma de que los invitados se relajaran y fueran generosos con sus donaciones.

La sala estaba llena de gente. Había alrededor de doscientas personas, que bebían y charlaban al ritmo de una orquesta, aunque nadie se atrevía a bailar. En otras circunstancias, Oliver habría tenido problemas para localizar a Lucy; pero su vestido rojo resaltaba entre los tonos blancos, negros y crema de los demás, así que la encontró enseguida.

En ese momento, estaba charlando con una pareja sobre el enorme Monet que dominaba una de las paredes del museo. Oliver supo que aún no había reparado en su presencia, y notó el cambio de su cuerpo cuando le vio. Se puso tensa, como si estuviera conteniendo la respiración. ¿La ponía nerviosa? ¿O le gustaba tanto que reaccionaba de esa manera?

La pareja se despidió de ella segundos después, y él se le acercó; pero la reacción de Lucy no pudo ser más positiva: sonrió de oreja a oreja, quizá aliviada de estar con un conocido. Al fin y al cabo, debía de ser una situación complicada para ella. Siempre iba a esos actos en calidad de ayudante de Alice, y era la primera vez que presentaba por su cuenta, sin representar a nadie más. Aunque también era posible que se alegrara sinceramente de verlo.

—Buenas noches, señorita Campbell —dijo Oliver, sonriendo a su vez—. Esta noche está particularmente bella.

Lucy se puso tan roja como el vestido.

—Gracias —acertó a decir—. No esperaba verte aquí. Nunca te había visto en ningún acto cultural. Pensaba que no te gustaba el arte.

Oliver se encogió de hombros. Obviamente, no estaba dispuesto a admitir que había ido por ella.

—Siempre me invitan, pero suelo tener otros compromisos —mintió—. Hoy estaba libre y, como es por una buena causa, he desempolvado el esmoquin y he venido.

Lucy admiró su esmoquin de Armani y, al darse cuenta de lo que estaba haciendo, apartó la vista y la clavó en las obras de arte, incómoda.

–¿Has visto lo que van a subastar? –preguntó, cambiando de tema–. Hay piezas muy buenas. Lo digo por si querías aumentar tu colección.

–No, no quiero.

Oliver no estaba interesado en la subasta. Solo le interesaba ella, pero le ofreció el brazo y la acompañó caballerosamente hasta la zona donde descansaban los veinte o veinticinco cuadros y esculturas que los organizadores del acto pretendían vender.

–Algunas obras son de artistas locales y otras, donaciones de alumnos de Bellas Artes –explicó ella–. Esos chicos tienen mucho talento. Son muy prometedores.

–Dime una cosa, Lucy –declaró él, sin soltar su brazo–. ¿Nunca has sentido el deseo de ser artista?

–Oh, no –replicó ella con una risita nerviosa–. Me gusta estudiar y admirar el arte, pero sería incapaz de dibujar un simple palo. Es bastante más difícil de lo que parece. Fíjate en esa obra, por ejemplo, la del paisaje de Manhattan….

–¿Qué tiene de particular?

–Que cuanto más la miras, más interesante se vuelve.

Oliver dio un paso adelante. En la distancia, parecía un cuadro normal y corriente; pero, al acercarse, descubrió que no estaba pintado a brochazos, sino con millones de puntos minúsculos que solo mostraban la imagen de la ciudad cuando se veían desde lejos.

–Obviamente, su autora está enamorada de Nueva York –dijo Lucy–. Los colores que ha elegido, la luz del cielo… Es un cuadro muy equilibrado.

–Si te gusta, ¿por qué no lo compras? En la etiqueta dice que el precio de partida son diez mil dólares, algo relativamente barato en el mundo del arte. Además, sería una buena inversión. Si la pintora es tan buena como dices, puede que su valor se triplique en unos cuantos años –observó Oliver.

Lucy soltó una carcajada.

–Eres tan malo como Harper. Siempre está intentando convencerme para que invierta en cosas así. Pero no, gracias. Como ya sabes, solo cuento con mis escasos ahorros, y no los voy a dilapidar en una obra de arte –replicó–. Especialmente, cuando cabe la posibilidad de que me quede sin casa dentro de unas semanas.

Oliver se sintió culpable. ¿Qué habría pasado si él no hubiera impugnado el testamento? ¿Habría comprado la obra?

–¿Dirías lo mismo si las circunstancias fueran distintas y·pudieras disponer de la herencia? –le preguntó.

Lucy frunció el ceño, pensativa.

–Sinceramente, no me lo había planteado. Teniendo en cuenta que es una subasta de carácter benéfico, supongo que lo compraría o que intentaría pujar por él, aunque no lo consiguiera. Pero sé que me sentiría mal. No estoy acostumbrada a gastar ese tipo de sumas.

–Mi tía era capaz de gastarse millones en una sola obra –le recordó él–. ¿Te sentirías culpable por hacer lo mismo que ella? Sería tu dinero, Lucy. Podrías gastarlo como quisieras.

Lucy se apartó de él y se dirigió a la escalera que llevaba al resto de las salas. Oliver la alcanzó y la volvió a tomar del brazo; en parte, por educación y, en parte, porque adoraba el contacto de su cuerpo y la dulce fragancia de su piel. Olía como un jardín después de la lluvia. Olía a paraíso.

–No es mi dinero –dijo ella al cabo de unos instantes–, sino el dinero de Alice. Y, si la suerte quiere que caiga en mis manos, no me lo gastaré en caprichos. Haré algo bueno con él. Intentaré ayudar a la gente.

A Oliver le pareció una afirmación curiosa, Nunca había hablado con nadie que tuviera esa actitud con el dinero. Lucy no lo consideraba una bendición, sino casi una carga. Y no encajaba bien con su supuesto carácter de estafadora.

–Sí, supongo que se lo podrías regalar a una ONG –replicó–. Pero, si mi tía hubiera querido regalarlo, no te lo habría dejado a ti. Te nombró heredera por alguna razón, aunque a mí se me escape.

Lucy se detuvo en la escalera y lo miró.

–A mí también se me escapa, Oliver. Todo habría sido más fácil si nos hubiera dicho el porqué, ¿verdad?

Oliver sintió una punzada de angustia. ¿Se habría equivocado con ella? Había buscado su compañía sin más intención que descubrir sus secretos y dejarla en entredicho, pero solo había descubierto que era una mujer amable, cariñosa e inteligente, además de increíblemente atractiva.

O era la mejor estafadora del mundo o él había cometido el mayor de los errores.

–Esta es mi parte preferida del museo –dijo Lucy, sacándolo de sus pensamientos.

Habían llegado a la sala de las obras surrealistas y, mientras caminaban entre cuadros y esculturas, Oliver se sumió en la perplejidad más absoluta. Desde su punto de vista, no tenían ni pies ni cabeza.

–¿Tu sala preferida? Pues yo no entiendo nada de lo que veo –le confesó–. Empezando por ese lienzo. Cualquiera diría que lo ha pintado un niño.

Lucy suspiró, se detuvo a su lado y observó el cuadro al que se había referido, aunque Oliver había perdido todo interés. Súbitamente, solo le interesaban su aroma, sus pendientes de rubíes, la larga línea de su cuello y la piel desnuda de su espalda, que deseó acariciar.

–Es un cuadro muy conocido, de Joan Miró.

–¿Quién es esa?

–Ese –puntualizó Lucy–. Esta obra forma parte de una serie que pintó a principios de la década de 1940, *Las constelaciones*. De hecho, es uno de mis preferidos. Se llama *El pájaro maravilloso revela lo desconocido a una pareja de amantes*.

Oliver hizo un esfuerzo por apartar la vista de Lucy y la clavó en el cuadro, intentando comprender; pero no vio ni un pájaro maravilloso ni una pareja de amantes por ningún lado. Eran un montón de triángulos y círculos negros contra un fondo marrón y amarillento, con unos cuantos ojos por aquí y por allá.

–Muy bien, querida especialista. Demuéstrame lo que sabes –dijo con humor–. Explícame lo que significa.

Lucy asintió con seguridad.

–Este cuadro es famoso porque el autor usó una paleta de formas y colores especialmente simplificada para simular un cielo nocturno. Destila alegría en mitad del caos, reflejando la realidad de su época. Lo pintó durante la Guerra Civil española, tras la que se tuvo que exiliar a Francia. Luego, los alemanes invadieron el país y Miró tuvo que huir otra vez. Siempre dijo que el trabajo le ayudó a sobreponerse a la tragedia de la guerra.

Lucy siguió hablando sobre la obra, pero Oliver estaba más interesado en observarla. Era la primera vez que la veía cómoda. Ya no parecía un pez fuera del agua, una pobretona en una fiesta de ricos. Se había convertido en una experta en arte contemporáneo, y sus ojos oscuros brillaban con entusiasmo.

Su transformación no podía ser más radical. Por supuesto, el vestido rojo hacía bastante, pero casi todo estaba en la arrebatadora belleza de aquella mirada limpia. Y él se quedó pasmado con ella.

–¿Oliver?

Oliver parpadeó, confundido.

–¿Sí?

–No has oído nada de lo que he dicho, ¿verdad? Te estoy aburriendo terriblemente. Pero la culpa es tuya, por pedirme que te lo explique.

–Al contrario. He oído todo lo que has dicho –mintió–. Es que me he distraído con la belleza.

Lucy volvió a mirar el cuadro.

–Desde luego, es una preciosidad…

–No me refería al cuadro, sino a ti.

Ella se giró hacia Oliver y lo miró con desconcierto. Se había quedado sin palabras.

–La última vez que te llamé bella, me besaste –continuó él–. Y luego, me pegaste un puñetazo. Pero primero me besaste.

–Sí, bueno… Pero no se volverá a repetir –le aseguró–. No tengo intención de besarte o pegarte en un museo.

Ella echó un trago de champán y se alejó hacia otra de las salas.

Oliver sonrió y la siguió rápidamente. Dijera lo que dijera Lucy, la noche era joven, y podían pasar muchas cosas.

–Toda esta sección está dedicada a obras de la década de 1960.

Lucy siguió con sus explicaciones porque no quería hablar de sus cumplidos ni del beso de la fiesta de Emma. Tenía miedo de lo que pudiera pasar si insistía en mirarla de ese modo; sobre todo, porque las salas de la parte superior del museo estaban prácticamente vacías, y no habría ningún testigo.

Además, su experiencia en materia de hombres era bastante escasa. Había salido poco desde que dejó la universidad, y no se podía decir que los entendiera bien. Pero Oliver la habría confundido en cualquier caso; tan pronto la insultaba como la halagaba y, aunque la consideraba una estafadora, no se apartaba de ella.

Sin embargo, estaba segura de una cosa: de que el beso de la terraza de los Dempsey había sido apasionado, excitante y abrumador. El mejor beso de su vida, aunque él afirmara después que no había sentido nada.

¿A qué estaba jugando?

Lucy no tenía ni idea. Y, como no la tenía, decidió que mantener las distancias con Oliver Drake era lo más sensato que podía hacer. No podía impedir que la siguiera a todas partes, pero lo podía desalentar; por lo menos, hasta que los tribunales tomaran una decisión sobre la herencia de Alice.

Solo había un problema: que no quería mantener las distancias con él.

—Creo que te gustará esa colección –siguió hablando–. Es de Yves Klein, cuya obra tuve ocasión de estudiar en la universidad. Se llama *Anthropometrie de L'epoque Bleue.*

Oliver se detuvo ante el primero de los cuadros y frunció el ceño.

—No entendía el cuadro de Miró, pero nunca negaría que parece un cuadro de verdad ni que el autor tuvo que esforzarse por pintarlo. Sin embargo, no puedo decir lo mismo de este. No es más que un lienzo blanco con puntos azules.

Lucy sonrió.

—Sí, ese es el resultado final, por así decirlo.

—¿El resultado final?

—Klein estaba más cerca de la *performance* que de

74

la pintura. Trabajaba en directo, con público y música de fondo –contestó–. Su obra más conocida, *Fire Color FC 1*, alcanzó los 36 millones de dólares en una subasta del año 2012.

Oliver sacudió la cabeza.

–Francamente, no alcanzo a comprender que alguien quiera sentarse en una sala y mirar durante horas a un pintor. Y mucho menos, que pague tanto dinero por semejante basura.

Lucy habría estado de acuerdo con Oliver si Klein se hubiera limitado a pintar de forma tradicional, pero no era así. Y no se pudo resistir a la tentación de inclinarse sobre él y decir en voz baja:

–Pintaba con mujeres desnudas.

Oliver se quedó momentáneamente boquiabierto.

–¿Cómo? ¿Pintaba con mujeres desnudas en la sala? ¿Y no le distraían?

–No es lo que crees. Klein no usaba pinceles durante sus actuaciones; de hecho, ni siquiera llegaba a tocar los lienzos –respondió–. Embadurnaba a sus preciosas modelos y usaba sus cuerpos para pintar. A veces, las pegaba a los lienzos y luego quemaba la huella que habían dejado con un soplete.

–¿En serio?

–He visto algunas grabaciones de la época, y son de lo más interesantes. Imagínate la situación… Llegas a un museo y te encuentras con un hombre vestido de esmoquin y cinco o seis bellezas desnudas. Klein era una especie de director de escena que creaba un espectáculo de cuerpos, luz y sonido. Algo verdaderamente sorprendente.

Oliver escudriñó el lienzo, intentando ver formas de mujeres. Pero no lo consiguió, y Lucy decidió darle una pista.

—Imagíname desnuda —dijo, sonriendo otra vez—. Hay plásticos en el suelo y botes de pintura por todas partes. Yo me pinto siguiendo las instrucciones de Klein y, a continuación, me aprieto contra el lienzo. ¿Lo ves ahora?

Oliver guardó silencio y, cuando ella lo miró de nuevo, se dio cuenta de que su expresión no era la de un apasionado del arte, sino la de un hombre dominado por el deseo. Evidentemente, había ido demasiado lejos en su intento de explicarle la obra.

—Sí, ya lo veo —dijo él segundos después.

Lucy fue súbitamente consciente de su propio cuerpo y de un calor que no se debía a la temperatura de las salas, sino a su propia excitación. Habría dado cualquier cosa por apretarse contra él.

Entonces, Oliver alzó una mano y la acarició con dulzura. Lucy sintió una descarga de placer tan arrebatadora que no tuvo fuerzas para apartarse. Ya no quería mantener las distancias. Quería dejarse llevar. Quería ver lo que pasaba.

—Lucy…

Él inclinó la cabeza, quedándose a escasos milímetros de sus labios. Le estaba pidiendo permiso para besarla, y ella se lo habría dado con mucho gusto. Pero, ¿podía dárselo? ¿Podía confiar en un hombre que la creía una manipuladora?

—¿Sí? —replicó débilmente.

—¿Te importa que nos vayamos?

Lucy tragó saliva.

–¿Que nos vayamos? Acabamos de llegar, y no hemos pujado en la subasta.

–En ese caso, ¿qué te parece si les extiendo un cheque y nos vamos después a mi casa? A hablar de arte, claro.

–Bueno, si el cheque es de una suma generosa…

Oliver sonrió y le guiñó un ojo.

–Por supuesto –dijo–. Yo soy así. O hago las cosas a lo grande, o no las hago.

Capítulo Siete

–Es una casa preciosa.

Oliver se encogió de hombros al oír el comentario de Lucy. Acababan de llegar a su ático, y ella parecía sinceramente interesada en la decoración, aunque él no había tenido nada que ver. Se la había encargado a un profesional porque no le interesaban ese tipo de cosas. Solo quería un sitio donde pudiera dormir.

–A mí me sirve –dijo–. Pero no es como el piso de la Quinta Avenida. Las vistas no son tan interesantes.

–Casi nadie tiene casas como la de Alice. Sin embargo, eso no significa que la tuya no sea increíble… Si no hubiera vivido con tu tía, me habría tenido que alquilar un apartamento. Y teniendo en cuenta lo que gano, no habría sido más grande que tu recibidor.

Oliver se quitó la chaqueta y la dejó en el sofá de cuero. Luego, sacó el recibo del cuadro que había comprado en la subasta y lo guardó para que Lucy no pudiera verlo. Ella creía que se había limitado a hacer una donación; pero, a decir verdad, había pagado una suma estrambótica por el cuadro de la estudiante de Bellas Artes que tanto le había gustado, con intención de enviárselo anónimamente.

Ni siquiera sabía por qué lo había hecho. No tenía la costumbre de hacer regalos extravagantes. Solo quería tener un detalle con ella, aunque habría dado lo que fuera por estar en su casa y ver su expresión cuando lo recibiera.

–No sabía que vivieras tan cerca de mí –dijo Lucy.

Oliver se acercó, la ayudó a quitarse la chaqueta y admiró su cuello con anhelo, ansioso por acariciar su piel.

–Me vine a este barrio porque era lo más conveniente. La sede de mi empresa está a poca distancia, al igual que las casas de mi padre y de mi hermana –explicó él, dejando la chaqueta en el sofá–. ¿Quieres beber algo?

–Te lo agradecería mucho –contestó–. ¿Tienes una terraza adonde podamos salir?

Él dudó, porque tampoco sabía si quería compartir esa parte de su vida. Seducir a Lucy era una cosa; enseñarle su refugio, una cosa bien diferente. Él ático no tenía una terraza en el sentido tradicional del término, sino un espacio mucho más bonito y mucho más personal, que no había enseñado nunca a ninguna de sus amantes.

–No exactamente –contestó.

Oliver se fue a la cocina a buscar una botella de vino, una excusa perfecta para no tener que dar más explicaciones. Pero Lucy lo siguió y, tras detenerse en el umbral, dijo:

–¿Qué significa eso?

Oliver siempre había mantenido esa parte de su vida en secreto. Quizá, porque tenía miedo de enseñársela a otra persona y que le hicieran lo que Candance había hecho con su padre; o quizá, porque quería que fuera algo privado, algo solo para él. Pero, a pesar de ello, se dio cuenta de que quería enseñárselo a Lucy.

–Tengo una azotea grande, una especie de jardín –le confesó–. Es el sitio al que voy cuando necesito mancharme las manos y relajarme un poco.

–Suena bien –replicó ella–. Me gustaría verla.

Oliver, que ya había abierto la botella, alcanzó dos copas y las llenó. La idea de llevarla a su jardín lo ponía nervioso, pero se intentó convencer de que no era para tanto. Teóricamente, se lo podía enseñar sin que ella supiera lo importante que era para él.

–Sí, cómo no –dijo–. Acompáñame.

Él le dio su copa y caminó hasta una puerta del pasillo. Parecía ser de un armario, pero daba a la escalera que llevaba a la azotea, como Lucy tuvo ocasión de comprobar.

–Bienvenida a mi refugio.

Lucy miró el jardín con ojos desorbitados, como si no hubiera visto nada semejante en toda su vida. Y quizá fuera cierto. Sin embargo, Oliver supo que ya no podía negar lo importante que era para él. Se notaba a simple vista.

–Nunca lo habría imaginado. Pensaba que habrías puesto unas cuantas petunias o algo así, pero esto es asombroso…

Oliver tenía uno de los pocos áticos ajardinados de toda la ciudad. Había instalado unos enormes maceteros con árboles y arbustos que delimitaban el espacio y le daban un aire recóndito. Las tenues luces que colgaban de las ramas competían con la luz de las estrellas, y los estrechos caminos de grava formaban un bello y complicado patrón entre una multitud de macizos de flores.

—No sabía que fueras jardinero. Harper no me había dicho nada. ¿Cómo llegó el presidente de una empresa de ordenadores a hacer algo así? —preguntó ella, perpleja.

—Lo saben muy pocas personas, pero Harper está entre ellas. Supongo que no lo menciona porque tiene miedo de que le pida que venga y me ayude a arrancar hierbajos.

Oliver se metió las manos en los bolsillos y avanzó por uno de los caminos.

—En cuanto al motivo que me llevó a la jardinería, es algo complicado —continuó—. Cuando yo era pequeño, mi madre tenía un jardín en la azotea. Luego, cuando murió, mi padre lo abandonó por completo porque no quería que nadie tocara sus cosas. Pero, años después, se me ocurrió la estúpida idea de plantar marihuana… Las plantas del jardín habían crecido tanto y de un modo tan descontrolado que pensé que mi padre no se daría cuenta.

—Pero lo notó.

—Me temo que sí. Y, como castigo, me condenó a cuidar del jardín durante seis meses —dijo—. Cuando terminó mi sentencia, descubrí que la jardinería me encantaba y, más tarde, decidí empezar mi propio proyecto. De hecho, elegí este piso porque la azotea me pareció perfecta para ese fin. Además, está en el edificio más alto del barrio, lo cual contribuye a darle un ambiente increíblemente íntimo.

Oliver no tenía intención de darle tantas explicaciones. Nunca se lo había contado a nadie, pero la pregunta de Lucy había desatado un río de palabras que ni él mismo esperaba. Era de lo más desconcertante. ¿Por qué se sentía obligado a abrirle su corazón? ¿Porque la deseaba? No, no se trataba de eso, sino de algo más profundo. Habían establecido una especie de vínculo emocional, y quería mantenerlo a toda costa.

—¿Hay algún sitio donde nos podamos sentar? —preguntó ella mientras olía una rosa.

—Por supuesto. Te llevaré al cenador.

Oliver y Lucy avanzaron por un camino flanqueado de gardenias y rosales hasta llegar a su destino, que se encontraba en el ala sur de la azotea. El cenador, desde el que se veía el Empire State Building, tenía un tejado con una parra, una mesa y dos tumbonas que a ella le parecieron perfectas para tomar el sol, echarse una siesta o disfrutar de la noche..

—Guau… —dijo Lucy, absolutamente encantada—. Esto es maravilloso. Si pudiera, me quedaría aquí toda la vida.

Lucy se quitó los zapatos y se sentó, feliz como una niña. Oliver sonrió y se acomodó a su lado.

—Comprendo lo que quieres decir, aunque yo no lo uso demasiado. Mantener el jardín se lleva casi todo mi tiempo libre —le confesó él—. Es un trabajo más duro de lo que parece. Hay que quitar las malas hierbas, trasplantar flores, podar ramas y regar con la frecuencia necesaria. Pero me relaja mucho.

Lucy tomó un sorbito de vino y, al moverse, rozó

el hombro de Oliver. Fue un gesto completamente inocente, lo cual no impidió que él se excitara y deseara tomarla entre sus brazos y sentarla sobre sus piernas. Pero no quería acelerar las cosas. Quería ir despacio, disfrutando cada momento.

–Me has dado una toda una sorpresa. Te tenía por un obseso del trabajo cuya única diversión consistía en complicarme la vida.

Oliver soltó una carcajada.

–Bueno, es verdad que soy un obseso del trabajo, aunque te aseguro que tengo otras diversiones además de complicarte la existencia –dijo, clavando la vista en sus labios–. O las tenía, porque últimamente no me interesa nada más… ¿Y sabes por qué? Porque me gustas, Lucy. Me gustas mucho, quizá demasiado. Pero no lo puedo evitar. Y tampoco puedo evitar desearte.

Lucy guardó silencio, sin saber qué decir. De repente, la tregua por la herencia de Alice se había transformado en algo radicalmente distinto, que incluía declaraciones románticas en un jardín. Y eso era bastante más serio; tan serio, que solo podía hacer una cosa: tomar cartas en el asunto, así que las tomó.

Tras dejar el vino en la mesa, se giró hacia él y lo miró. Su expresión había cambiado. Sus rasgos parecían más suaves y sus ojos, más cálidos. Pero tuvo la sensación de que no se debía únicamente al deseo, por lo demás indiscutible, sino también al simple hecho de que estuvieran allí, en un sitio tan especial como importante para él.

Oliver le estaba mostrando una parte de su ser que pocas personas conocían. Y a Lucy le gustó esa parte. Le gustó de tal manera que decidió bajar la guardia.

–A veces queremos cosas que no parecen muy inteligentes –dijo en voz baja–, pero nos arrepentimos si no las hacemos. Y yo detesto arrepentirme.

Un segundo después, se inclinó sobre él y lo besó. No fue un beso desesperado como el de la terraza de los Dempsey, sino mucho más denso y sensual; un beso que los llevó a abrazarse apasionadamente, dominados ambos por el placer.

Lucy jamás habría imaginado que terminaría en un lugar como ese y con una persona como Oliver. Su amistad con mujeres como Emma le daba acceso a hombres atractivos y poderosos, de una clase social mucho más alta que la suya; pero ni ella era una arribista dispuesta a hacer cualquier cosa por mejorar su posición ni se había planteado la posibilidad de que uno de esos hombres se interesara por ella.

Pero el interés de Oliver era más que evidente. Sus manos la acariciaban por todas partes, explorando cada una de sus curvas como si quisiera trazar un mapa de su cuerpo y grabarlo en su memoria. Era tan excitante que se estremeció.

–¿Tienes frío? –susurró él–. Tu piel está helada… si quieres, podemos ir dentro.

Ella sacudió la cabeza.

–Mi piel te parece helada porque la tuya está ardiendo –dijo–. Y me gusta que lo esté.

Oliver sonrió y cerró las manos sobre su cintura.

–¿En serio? Entonces, espero que también te guste esto.

Lucy soltó un gemido de sorpresa cuando Oliver la levantó y la sentó sobre él, a horcajadas. Era una posición más cómoda y, como le daba más acceso a su cuerpo, aprovechó para acariciarle el pecho.

–Sí, también me gusta. Aunque me gustaría más sin tanta tela.

Rápidamente, le quitó la corbata y le desabrochó los botones de la camisa. Él no se resistió; se limitó a cerrar los ojos y a apretar los dientes mientras ella se movía, frotando su erección con las nalgas.

–Oh, Dios mío…

La excitación de Oliver dio más coraje a Lucy, que le quitó la prenda sin contemplaciones y pasó las manos por su dorada piel. No tenía el cuerpo de un hombre de negocios que pasara demasiado tiempo en su despacho, sino el de un deportista en plena forma. Por lo visto, la jardinería era un gran ejercicio.

Cansado de esperar, él abrió los ojos y asaltó su boca con un beso bastante más apasionado que el primero. Lucy reaccionó pagándole con la misma moneda.

Solo se asustó un poco cuando Oliver le bajó la cremallera del vestido rojo, porque no llevaba sostén. Sin embargo, disimuló su ansiedad porque no quería parecer nerviosa ni que se diera cuenta de que había pasado mucho tiempo desde su última experiencia sexual; así que respiró hondo, le regaló la más seductora de sus expresiones y permitió que le bajara el vestido hasta la cintura.

Oliver admiró sus senos durante unos instantes, sin hacer ni decir nada. Luego, cerró las manos sobre ellos y se los acarició con un suspiro de apreciación mientras ella se mordía el labio, encantada.

El hechizo se rompió brevemente, lo justo para que Lucy se pudiera incorporar un poco y terminar de quitarse el vestido, que acabó en el suelo. Ahora estaban más cómodos que antes, y Oliver aprovechó su mayor libertad de movimientos para inclinar la cabeza y succionarle un pezón.

Ella echó la cabeza hacia atrás y gimió. Después, echó un vistazo rápido a su alrededor, dominada de repente por el temor absurdo a que alguien la pudiera ver. Pero el jardín estaba totalmente cerrado al mundo exterior, de modo que se relajó por completo y se quitó la última prenda que le quedaba, sus braguitas negras.

Lucy fue la primera sorprendida, porque jamás habría pensado que tuviera una veta exhibicionista. Y, en la excitación del momento, no se dio cuenta de que Oliver la había levantado y sentado sobre la mesa hasta que lo encontró entre sus muslos, inclinado sobre su cuerpo.

Entonces, él la miró con satisfacción y acarició suavemente su sexo, provocándole una descarga de placer. Pero solo era el principio y, tras reclamar otra vez su boca, la fue cubriendo de besos desde el cuello hasta el estómago, dejando el pubis para el final. Lucy se estremeció. Y se volvió a estremecer cuando él retomó el juego y le besó la cara interior de los muslos, las rodillas, las pantorrillas y los tobillos.

Estaba más excitada que nunca. Ardía en deseos

de que regresara a su sexo y la penetrara por fin. Pero, en lugar de penetrarla, Oliver se detuvo.

Lucy abrió los ojos de golpe.

–¿Qué ocurre? –preguntó, ansiosa.

–Que no tengo preservativos –respondió él con timidez–. Sinceramente, no esperaba que llegáramos tan lejos. No sé cómo es posible que no se me ocurriera antes. Me he dejado llevar por la excitación y… bueno, eres tan bella que…

Lucy sonrió y alcanzó su bolso, que había dejado en la mesa. Afortunadamente, siempre llevaba un par de preservativos por lo que pudiera pasar.

–Aquí los tienes –dijo.

Oliver sonrió de oreja a oreja.

–Eres maravillosa, ¿sabes?

Él se inclinó, la besó con energías renovadas y se quitó la ropa a toda prisa. Cuando Lucy se quiso dar cuenta de lo que había pasado, estaba desnudo y con el preservativo puesto.

–¿Dónde lo habíamos dejado? –preguntó él con humor.

Lucy cerró las manos sobre su erección y la frotó contra su sexo antes de dejarlo exactamente donde ella quería.

–Creo que este sería un buen sitio para continuar –declaró.

–Tienes razón –dijo Oliver.

Él la penetró entonces y se empezó a mover lentamente, saboreando cada acometida. Lucy gimió de nuevo, completamente satisfecha. Había pasado tanto tiempo desde su última vez que apenas se podía controlar. Pero, ¿por qué lo había hecho? ¿Por qué se había impuesto un celibato de cinco años cuando estaba en la flor de la vida, como si quisiera imitar a su agorafóbica jefa?

Ni lo sabía ni le importó demasiado en ese momento. Si ese era el premio por sus cinco años de abstinencia, había merecido la pena.

–Me gustaría que esto no terminara nunca –susurró él.

Lucy no dijo nada. Se aferró a su espalda y volvió a gritar de placer mientras Oliver entraba y salía de ella cada vez más deprisa, con movimientos más tensos y desesperados, acercándola poco a poco al clímax. Pero, si hubiera podido hablar, le habría dicho que ella tampoco quería que terminara nunca.

Desgraciadamente, todo tenía un final y, cuando el suyo llegó, lo hizo como un estallido que se extendió por su cuerpo con una intensidad asombrosa. Sin ser consciente, apretó las caderas contra las de Oliver, cerrando sus músculos internos sobre su erección. Y ese movimiento empujó a su amante al orgasmo.

Durante los minutos siguientes, no hicieron otra cosa que jadear. Estaban demasiado cansados para moverse, y demasiado encantados como para romper el abrazo que aún los unía.

Al cabo de un rato, Oliver la sentó con él en una de las tumbonas y la tapó con el vestido rojo para proteger sus cuerpos del frío nocturno. Por suerte, era una noche relativamente agradable. Y se quedaron dormidos bajo el cielo de Manhattan.

Capítulo Ocho

Hacer el amor con Lucy era algo absolutamente maravilloso, pero Oliver descubrió que hablar con ella no le andaba a la zaga.

Tras una corta siesta en la azotea, tuvieron frío y se fueron al dormitorio principal, donde repitieron la apasionada experiencia. Pero, en lugar de dormirse otra vez, se pusieron a charlar y siguieron hablando hasta altas horas de la madrugada.

Oliver se dio cuenta de que Lucy estaba agotada, y le pareció gracioso que insistiera con la conversación, como una niña obstinada que no quería dejar de jugar.

–Harper y yo nos vamos a Connecticut el fin de semana que viene –dijo ella.

–¿Es un viaje solo para chicas?

–Me temo que sí –contestó–. Pero podemos hacer algo cuando vuelva, si no tienes otros planes.

Oliver alcanzó su teléfono móvil y echó un vistazo al calendario, una de las pocas aplicaciones que necesitaba de verdad.

–Vaya, tengo que llevar a Danny a Coney Island. Ya es lo suficientemente mayor como para subirse a una montaña rusa, y lleva semanas insistiendo en que lo lleve.

–¿Quién es Danny?

Oliver frunció el ceño; no por Lucy, sino por no haberle dicho antes que tenía un hermano pequeño. A fin de cuentas, no habían hablado mucho de su familia.

—¿Harper no te ha dicho nada de mi hermano?

Lucy parpadeó varias veces y dijo:

—Ah, sí… por supuesto que sí. Lo había olvidado por completo. Pero ella no lo llama así. Lo llama fideo.

Oliver rio.

—Su verdadero nombre es Daniel Royce Drake. Harper lo llama fideo desde el día en que nació, aunque desconozco el motivo. ¿Tú lo sabes?

Ella sacudió la cabeza.

—Ni me lo ha dicho ni yo se lo he preguntado. De vez en cuando, me enseña una fotografía suya o se pone a hablar de él —dijo—. Pero no estoy segura de que me guste el mote que le ha puesto. Le puede crear problemas cuando sea mayor.

Oliver se encogió de hombros.

—Bueno, sospecho que, cuando acabe en la consulta de un psicólogo, será por algo más grave que el mote de mi hermana.

—¿Cuando acabe? —preguntó Lucy, extrañada—. ¿Por qué has dicho eso? No es un comentario precisamente agradable.

—Puede que no, pero es realista.

Oliver la miró de nuevo, pensando si sería posible que no conociera la extraña y triste historia de Thomas y Candance Drake, los padres de Danny. Harper tenía que haberle dicho algo, aunque solo fuera porque su relación empezó mientras ella estaba en la universidad. Además, también estaba Alice. Que no saliera nunca de su casa no significaba que no estuviera al tanto de las cosas de la familia. ¿O sí?

Por primera vez, Oliver sopesó la posibilidad de que su padre no le hubiera hablado de Candance. Quizá, porque no quería admitir que había perdido su fortuna por culpa de una mujer bella.

—¿Por qué tendría que acabar en un psicólogo? Es un niño rico. Tiene todo lo que pueda necesitar —insistió Lucy.

Oliver suspiró.

—Sí, supongo que ahora tiene todo lo que puede necesitar. Y estoy seguro de que no extrañará demasiado a su madre, teniendo en cuenta que lo abandonó cuando era un bebé. Pero crecerá, y se enterará un día de que su madre lo usó para echar mano a la fortuna de su padre y lo dejó en la estacada cuando ya no le era de utilidad. ¿Qué crees que pensará entonces, por mucho amor que mi padre, mi hermana y yo le demos?

Lucy lo miró con espanto.

—Eso es terrible. ¿Qué clase de persona es capaz de abandonar a su propio hijo?

—Una como mi madrastra —respondió tranquilamente—. ¿Es que Harper no te ha dicho nada de nuestra familia?

Lucy volvió a sacudir la cabeza.

—No. Siempre he tenido la sensación de que no le gusta hablar de ella. Pero tampoco me extrañaba mucho, porque es tan rica como Violet y Emma y, como yo soy la pobretona, siempre estoy un poco al margen.

—¿Ni siquiera lo mencionó de pasada cuando se supo lo del testamento? ¿No dijo nada de Candance?

—No, nada.

Oliver respiró hondo y le pasó un brazo por encima de los hombros.

—Candance es la madre de Danny, como ya habrás imaginado. Mi madre murió de cáncer, y mi padre lo pasó tan mal que se concentró en su trabajo y no volvió a salir con ninguna mujer hasta diez años más tarde. Harper se acababa de ir a la universidad cuando conoció a Candance y se enamoró de ella perdidamente. Todo fue demasiado rápido. Una verdadera pesadilla, desde el principio hasta el final.

—¿Por qué dices que fue una pesadilla?

—Para empezar, porque cualquiera se habría dado cuenta de que solo estaba con él por su dinero. Era muy obvio. Pero mi padre estaba tan cegado por su belleza y tan desesperado por encontrar el amor que cayó en su trampa como un idiota. Se casaron meses después, y ella se quedó embarazada enseguida.

—¿Crees que lo hizo a propósito?

—Estoy seguro de ello. Antes de que Danny cumpliera dos años, Candance ya había vaciado las cuentas bancarias de mi padre. Se llevó tantos millones que, cuando se quiso dar cuenta, estaba casi en la ruina —respondió—. Entonces, mi padre le cortó la financiación, y ella se divorció de él y abandonó a mi hermanito. Supongo que ya tenía lo suficiente como para vivir a lo grande el resto de su vida.

—¿Y dónde está ahora?

—Se marchó a la zona de Silicon Valley y se casó con un multimillonario, que además es uno de unos competidores más importantes —dijo—. ¿Te lo puedes creer?

Oliver se sumió en un silencio incómodo, y ella lo imitó hasta que una revelación la empujó a hablar.

–Ah, claro. Era por eso.

–¿De qué estás hablando?

–De la razón por la que me creías una estafadora –dijo ella–. Creías que soy como Candance.

Él no tuvo más remedio que admitirlo.

–Sí, es posible que me dejara influir por la experiencia de mi padre.

–¿Posible? ¿Solo posible? –dijo ella, sentándose en la cama–. Fue mucho más que eso. No me conocías de nada, pero me atacaste desde el principio como yo si fuera el mayor enemigo de la humanidad. Pensaste que había estafado a tu tía como tu madrastra a tu padre. Confiésalo de una vez, por favor.

–Yo…

–Di la verdad –lo presionó–. Creías que os quería robar el dinero de Alice… ¿También creías que la había matado?

–¡No, por supuesto que no! –exclamó él–. No seas ridícula. No me habría acostado contigo si te creyera una asesina.

–Pero te parecía una estafadora.

Oliver se pasó una mano por el pelo.

–Sí, supongo que sí. Pero tienes que entender que lo de Candance me hizo sospechar de todo el mundo, no solo de ti. De hecho, me empecé a preocupar cada vez que una mujer me preguntaba por mi profesión o por la zona donde vivía.

–Bueno, son preguntas normales cuando sales con alguien –alegó ella.

–No lo dudo, pero pensaba que solo lo pregunta-
ban para saber si tenía dinero. E incluso llegué a convencerme de que ninguna me quería por lo que soy,
sino por mi fortuna –replicó–. Candance destruyó la
vida de mi padre, y fue muy duro para nosotros; sobre
todo, porque él no soportaba que habláramos mal de
ella. Se negaba a escuchar. No nos hacía caso. Y no
quiero cometer el mismo error.

–¿Creías de verdad que ninguna mujer te podía
querer por tu inteligencia o tu atractivo físico, por
ejemplo? ¿No se te ocurrió que les podías interesar
por algo tan sencillo como tu jardín? –preguntó ella.

Oliver asintió.

–Sí, tienes razón. Fui demasiado desconfiado, y
me pasé de cauteloso.

–¿Y de qué te sirvió?

Él admiró su cuerpo desnudo y dijo:

–Entre otras cosas, me sirvió para conocerte. Si no
hubiera sospechado de ti, es posible que no te hubiera
seguido a todas partes, que no hubiera sucumbido a
tus múltiples encantos y, por supuesto, que no estuviera ahora contigo.

–Y, después de sucumbir a mis encantos, ¿sigues
creyendo que soy una estafadora? –se interesó ella,
aparentemente inmune a sus cumplidos.

Oliver supo que habían llegado a un momento cla-
ve de su relación. En teoría, ya la conocía lo necesario
como para poder decidir si era culpable o inocente.

–Me gustas mucho, Lucy. Más de lo que jamás
habría imaginado –declaró–. No quiero creer que seas
capaz de hacer algo tan terrible como engañar a mi

difunta tía, pero no sé si eso me convierte en un idealista o en un tonto.

Lucy lo miró en silencio durante unos segundos. Oliver supo que su respuesta le había hecho daño, y también supo que estaba haciendo lo posible por disimular.

—Gracias por ser tan sincero conmigo —dijo al fin—. No sé cómo demostrarte que no soy como tu madrastra, pero sospecho que no encontraré la forma antes de que acabe la noche.

Ella le dio un beso, se acurrucó contra su cuerpo y bostezó. Momentos después, Oliver se dio cuenta de que se había dormido y la envidió con toda su alma. No podía quedarse dormido. No después de lo que había pasado.

Tenía demasiadas preguntas sin respuesta, y una incertidumbre demasiado intensa. Se había dejado influir por la experiencia de Candance y había juzgado mal a Lucy. La había declarado culpable sin razón alguna. Y su plan para desenmascararla no había servido para obtener ni una sola prueba incriminatoria, aunque tampoco se podía afirmar que lo hubiera intentado con mucho ahínco.

Además, su investigación paralela tampoco había relevado nada sospechoso. Era lo que afirmaba ser, la hija de dos trabajadores de Ohio que se habían divorciado cuando ella era una niña. No tenía antecedentes penales ni deudas de ninguna clase y, en cuanto a su historial académico, decía que había sido una buena alumna, por encima de la media.

Hasta entonces, los hechos habían demostrado que

solo era una mujer encantadora, inteligente y terriblemente sexy; una mujer muy alejada de Candance.

¿Por qué no había llamado a sus abogados para ordenarles que retiraran la demanda? Era ciertamente posible que su difunta tía la hubiera nombrado heredera porque pensaba que se lo merecía. Y había otro factor que podía explicar su decisión.

Alice siempre había sabido que ninguno de sus familiares tenía problemas de dinero. A Harper le iba bien; a él le iba mejor que bien y, por mucho que su padre se quejara de estar en la ruina, sus inversiones le daban más dinero al mes de lo que la mayoría de las personas ganaba en un año y, por supuesto, también tenía la jubilación de la empresa.

El amor había cegado a Thomas, pero Alice nunca había sido una estúpida. Lucy tendría que haber sido la mejor estafadora del mundo para engañar a una mujer así, y carecía de las habilidades necesarias para serlo.

Entonces, ¿por qué no retiraba la demanda? Él era lo único que se interponía entre Lucy y su dinero.

Quizá la debía retirar. O quizá no.

Cansado, cerró los ojos e intentó dormir.

Lucy se despertó en la cama de Oliver a primera hora de la mañana siguiente. Cuando recordó lo sucedido, se despabiló de tal modo que ya no pudo volver a dormirse, así que se levantó de la cama con cuidado de no molestar a su amante, se puso una de sus camisas y salió de la habitación.

Ya en la cocina, preparó café y se sentó a la mesa. Teóricamente, tendría que haber estado agotada; habían estado despiertos casi toda la noche, lo cual significaba que solo había dormido unas pocas horas. Pero la ansiedad le habría impedido descansar en cualquier caso. Ya dormiría más tarde, cuando regresara a su casa.

De momento, se limitó a tomarse el café. La idea de estar en el domicilio de Oliver le resultaba de lo más extraña; especialmente, teniendo en cuenta que él seguía dormido. Consideró la posibilidad de marcharse, y la rechazó porque no le pareció adecuada. Por muy incómoda que se sintiera, no podía negar que había sido una noche tan bonita como romántica.

Al cabo de unos minutos, tuvo hambre. ¿Qué podía hacer? Según el reloj, eran las seis y media de la mañana. Habría bajado a la calle y se habría tomado algo en un bar, pero no podía salir sin maquillaje, con el pelo revuelto y sin más ropa que un vestido de fiesta, unas braguitas negras y una camisa de Oliver.

Tras renunciar al desayuno, entró en el cuarto de baño y se miró en el espejo. Efectivamente, tenía aspecto de haber estado haciendo el amor toda la noche. Se lavó la cara, se limpió los restos de rímel y se cepilló el pelo con un peine. El resultado final no fue maravilloso, pero estaba bastante mejor que antes.

Por desgracia, su estómago seguía empeñado en comer, así que volvió a la cocina y abrió los armarios en busca de unas galletas o algo parecido. No encontró nada, lo cual la llevó al frigorífico. En principio, Oliver no parecía de la clase de hombres que disfrutaban de la cocina; pero tampoco parecía un jardinero consumado y, sin embargo, lo era.

El contenido del frigorífico dejaba bastante que desear, pero encontró lo necesario para preparar un desayuno decente. Un plato que le había enseñado Alice, una especie de pastel salado relleno de verduras.

Mientras cocinaba, se puso a pensar en Oliver y en la situación que se había creado. No esperaba que retirara la demanda sin más motivo que haber hecho el amor con ella, pero esperaba un cambio de actitud. Ahora la conocía mejor. Debía de saber que no era como su avariciosa madrastra. O quizá no. A veces, el sexo lo cambiaba todo y, a veces, no cambiaba nada.

–Qué bien huele.

Lucy se sobresaltó al oír la voz de Oliver, que se había detenido junto a la cafetera. Estaba deliciosamente atractivo. Iba descalzo y, como solo se había puesto unos vaqueros, ella tuvo ocasión de admirar su duro y liso estómago.

–Buenos días. ¿Tienes hambre?

Él se pasó una mano por el pelo y le dedicó una sonrisa que le aceleró el pulso al instante.

–Más de la que puedas imaginar.

Oliver se acercó y le dio un beso en el cuello. Lucy giró la cabeza para responder de un modo igualmente romántico, pero se dio cuenta de que ya no la estaba mirando a ella, sino lo que había metido en el horno.

–¿Es el pastel de mi tía?

Lucy asintió.

–Sí. ¿Ya lo habías probado?

–¿Que si lo he probado? –dijo él, sacudiendo la

cabeza–. Lo preparaba todas las mañanas cuando Harper y yo nos quedamos a dormir en su casa.

–Espero estar a su altura.

Oliver volvió a sonreír.

–A simple vista, tiene el mismo aspecto. Deben de haber pasado veinte años desde la última vez que lo probé.

Lucy frunció el ceño.

–¿Cómo es posible? Tienes todos los ingredientes necesarios en la casa, y no es un plato difícil de preparar. ¿No has intentado hacerlo nunca?

Él sacudió la cabeza y dio un paso hacia la cafetera.

–No, solo cocino lo necesario. Pago a una señora para que me limpie la casa y llene el frigorífico de cosas que me gustan. Si no fuera por ella, viviría de comida basura y estaría bastante más gordo –dijo con humor.

Lucy sacó el pastel del horno y lo llevó a la mesa, donde procedieron a desayunar. Fueron unos momentos sorprendentemente relajados, sin ninguna de las tensiones que cabía esperar tras una noche de amor. Y luego, sonó el teléfono de Oliver.

Lucy guardó silencio mientras él hablaba, aunque no dijo gran cosa hasta el final, cuando dejó de contestar con monosílabos y dijo:

–Está bien, pero tardaré un rato. Me acabo de levantar.

Oliver cortó la comunicación y la miró con tristeza.

–Era mi padre. Por lo visto, Danny ha sufrido un

accidente esta mañana, mientras aprendía a montar a caballo. Lo han llevado al hospital, y me están esperando en urgencias.

A Lucy se le encogió el corazón. El pobre niño había crecido sin una madre a su lado y, aunque sabía que ella no podía ejercer de sustituta, no se sintió capaz de marcharse a casa en esas circunstancias. Quería hacer algo por él.

–Te acompañaré –dijo.

Oliver se quedó sorprendido. No esperaba ese ofrecimiento y, por otra parte, tampoco estaba seguro de que fuera una buena idea. Lucy y su padre se habían conocido en la lectura del testamento, y cabía la posibilidad de que Thomas se disgustara al verla allí.

–No es necesario que vengas –replicó–. Seguro que no es nada.

–Sí, ya sé que no es necesario, pero quiero ir de todas formas –dijo, sin dejarse desalentar–. Solo te pido que pasemos antes por mi casa para que me cambie de ropa. Sospecho que va a ser un día largo para tu familia, y me gustaría ayudarte.

Oliver lo sopesó un momento y asintió.

–Está bien, como quieras.

Un segundo después, se acercó a ella, la tomó entre sus brazos y añadió:

–Gracias, Lucy.

Capítulo Nueve

Oliver no tenía ninguna duda sobre su herma-nastro: era un niño increíblemente duro. De hecho, sospechaba que él no habría reaccionado tan bien si hubiera sufrido ese accidente cuando tenía su edad. Se había roto la muñeca a los nueve años, y se había convencido a sí mismo de que nadie podía sentir tanto dolor.

Sin embargo, Danny se comportaba como si no hubiera pasado nada. Se había roto cuatro costillas, aunque el médico decía que eran roturas limpias y que se recuperaría por completo. Sin embargo, podía haber sido mucho peor. Por lo visto, el caballo se ha-bía asustado por algo, lo había tirado durante una de las clases de equitación y, acto seguido, le había dado una coz en el pecho.

Al cabo de un rato, Thomas se fue a casa a bus-car unas cuantas cosas. Y, como el niño no estaba en condiciones ni de llevarse un zumo a la boca, Oliver y Lucy se quedaron con él. Además, Harper estaba fuera de la ciudad, así que no los podía ayudar.

Oliver se alegró pronto de haber accedido a que Lucy lo acompañara. Les subió comida de la cafete-ría, compró revistas y hasta le prestó el cargador que llevaba en el bolso cuando su teléfono se quedó sin batería. Estaba verdaderamente encantadora, más de lo que le habría gustado admitir. Y cuanto más tiempo estaba a su lado, más le gustaba.

Aquello empezaba a ser un problema.

–¿Puedo tomarme un polo? –preguntó Danny desde la cama.

Oliver se levantó de la silla y miró al niño, de siete años de edad. En su estado, parecía más pequeño de lo que era.

–Iré a buscarte uno –contestó–. ¿Te puedes quedar con él, Lucy?

Ella asintió.

–Por supuesto.

Oliver salió al pasillo y se fue en busca del polo. La medicación le había quitado el hambre a Danny y, si le apetecía un polo, su hermano mayor haría lo que fuera necesario por conseguírselo. Sin embargo, las enfermeras solo tenían gelatina y pudin, de modo que tuvo que bajar a la cafetería.

Tras veinte minutos de dar vueltas y más vueltas, consiguió lo que buscaba y regresó a la habitación. Pero, antes de entrar, oyó voces y se detuvo. Danny no era un chico muy hablador, y el hecho de que se mostrara tan elocuente con Lucy despertó su curiosidad.

–Las enfermeras tuvieron que cortar mi camiseta preferida. Y, como me la quitaron por encima de la cabeza, me dolió mucho.

–Bueno, tu padre te comprará otra.

–Sí, pero no será la misma. Era un regalo de mi madre. Me la envió en mi cumpleaños.

Oliver se quedó helado. En primer lugar, porque Oliver no hablaba nunca de su madre y, en segundo, porque no sabía que Candance siguiera en contacto con él. Desde luego, Thomas no le había dicho nada. Y no supo si enfadarse o alegrarse por la noticia.

–¿En serio? –preguntó Lucy con amabilidad, para que el niño no se diera cuenta de que sabía muchas cosas de su madre–. Se nota que te quiere mucho.

Oliver se apoyó en el marco de la puerta y se asomó lo justo para que poder mirarlos. Lucy estaba sentada en la cama, a los pies del niño.

–Yo no estoy tan seguro. Me envía regalos de cumpleaños y de Navidad, pero es todo. Si fuera una buena madre, haría bastante más que eso. Si lo fuera, se habría quedado conmigo o me habría llevado con ella, pero ni siquiera viene a visitarme –dijo el pequeño–. Eso es lo que dice la gente cuando creen que no les oigo.

Lucy cambió de posición, incómoda. Y a Oliver le pareció de lo más natural. ¿Qué le podía decir, teniendo en cuenta que las acusaciones contra su madre eran ciertas?

–Lo siento mucho, Danny. Es una situación muy dolorosa. Mi padre se marchó cuando yo era pequeña, así que te entiendo de sobra.

Danny la miró con interés.

–¿Por qué se fue?

Lucy suspiró.

–Bueno, yo era muy pequeña y no conozco todos los detalles, pero mi madre dijo que había conocido a otra mujer y formado otra familia. No he vuelto a saber nada de él.

–¿Tienes hermanos? ¿O hermanas?

–Sí. Según parece, tengo dos hermanitas en alguna parte, pero ni siquiera sé cómo se llaman –contestó.

Oliver no pudo creer que supiera tan poco de la vida de Lucy. A decir verdad, sus conocimientos se limitaban a la información que le había dado su detective privado cuando le pidió que la investigara. Además, ella tampoco hablaba mucho de su pasado, y ahora sabía por qué. Él también había crecido sin uno de sus padres, pero con una diferencia ostensible: que su familia tenía dinero y le había dado todo lo que necesitaba.

Para Lucy había sido mucho más difícil. Se había tenido que esforzar constantemente, y se había visto obligada a abandonar la universidad de Yale porque su beca no alcanzaba a cubrir los gastos. Y, conociéndola, le habría dolido mucho. Pero la suerte había querido que la mujer para la que trabajaba le dejara una herencia millonaria y, al final, iba a ser más rica que la mayoría de sus compañeras de carrera.

–Siento mucho que perdieras a tu padre, Lucy –dijo Danny en ese momento–. Supongo que no debería quejarme tanto de mi madre… por lo menos, me manda regalos. Se casó con un hombre muy rico, y tiene dinero de sobra. El ama de llaves dice que su nuevo esposo inventó una cosa que está en todos los teléfonos móviles del mundo. Si eso es verdad, mi madre tardará mucho tiempo en gastarse su fortuna.

A Oliver le sorprendió que Danny supiera tantas cosas de Candance. Era muy pequeño; pero, por lo visto, también era terriblemente avispado. Y no era de extrañar, porque los adultos que lo rodeaban parecían tener la costumbre de hablar de su madre en voz alta, sin ser conscientes del daño que le hacían. Aunque, por otra parte, cabía la posibilidad de que fuera para bien. Si sabía la verdad, no le dolería tanto cuando creciera.

Sin embargo, Oliver también estaba sorprendido con la destreza de Lucy en materia de niños. Era muy cariñosa, a diferencia de Candance. Durante los segundos siguientes, se las arregló para dejar el tema de los padres y lograr que Danny se pusiera a hablar animadamente sobre su videojuego preferido. Siempre le habían gustado mucho; aunque, teniendo en cuenta que su familia tenía una empresa de ordenadores, se podía decir que lo llevaba en la sangre.

De hecho, Thomas le había obligado a dar clases de equitación para que no estuviera en casa todo el día. Desgraciadamente, la estratagema había terminado con él en el hospital; pero, al menos, había servido para que hiciera algo más que buscar trucos informáticos y luchar contra señores de la guerra. Además, Oliver estaba seguro de que volvería a sus juegos en cuanto se recuperara un poco.

Pero su interés ya no estaba en el niño, sino en la mujer que lo acompañaba. Tenía la habilidad de conseguir que cualquier persona se sintiera especial cuando estaba con ella. No le extrañaba que Alice la hubiera querido tanto. No le extrañaba que Harper y Danny la quisieran. Era un planeta que giraba en el espacio y atraía todo hacia su órbita.

De repente, Oliver se dio cuenta de que estaba

cansado de luchar contra lo que sentía. Su conversación de la noche anterior había sido muy reveladora y, aunque estaba naturalmente preocupado por su hermanastro, sus pensamientos volvían una y otra vez a Lucy.

Había sido injusto con ella. La había juzgado mal. Si dejaba sus prejuicios aparte, no había razón alguna por la que no pudiera entregarse en cuerpo y alma a aquella mujer. Era un riesgo que no había asumido nunca, y aún no sabía si sería si sería capaz de asumirlo. Pero el momento crucial se estaba acercando y, cuando el suelo se hundiera bajo sus pies, no tendría más remedio que rendirse a Lucy Campbell.

Instantes después, notó una gota fría en la mano y comprendió que el polo se estaba derritiendo. Además, no se podía quedar en el umbral eternamente; así que entró en la habitación y dio su presa al sonriente pequeño.

La semana siguiente pasó como una exhalación. Lucy salía casi todas las noches con Oliver, y luego se iban juntos al piso de la Quinta Avenida. Pero, mientras él trabajaba, ella buscaba apartamentos que estuvieran cerca de la universidad de Yale y planeaba el itinerario para el viaje con Harper.

Su relación amorosa parecía estar encerrada en una burbuja. Ninguno de los dos mencionaba nunca que el testamento de Alice seguía en los tribunales. De hecho, no hablaban de ese problema. Tenían un elefante en la habitación y hacía lo posible verlo.

Lucy daba por sentado que Oliver ya no la creía una estafadora, pero ni ella le pidió que retirara la demanda ni él se ofreció a hacerlo. Seguían adelante con toda tranquilidad, como si el conflicto que los había unido fuera imaginario. Y sin embargo, ella estaba encantada de olvidar el asunto. Las cosas iban mucho mejor desde que habían sacado el asunto de la herencia de sus conversaciones.

Lamentablemente, Lucy también tendía a olvidar que tenía intención de marcharse de Manhattan a principios del año siguiente para volver a la universidad y terminar sus estudios. No se lo había dicho a Oliver, y ni siquiera sabía por qué. Quizá, porque era demasiado pronto para hablar sobre el futuro o quizá, porque tenía miedo de que dinamitara su todavía frágil relación.

Fuera como fuera, era consciente de que, si seguían juntos después de Navidades, tendría que hablar con él.

Un día de aquella semana, mientras ella buscaba pisos en Connecticut, llamaron a la puerta. Lucy no esperaba a Oliver, y se llevó una sorpresa cuando lo vio.

–¿Qué haces aquí? Estaba a punto de vestirme para ir a tu casa.

–Lo sé, pero se me ha ocurrido que podríamos cambiar de lugar –dijo él, entrando con un par de bolsas–. Siempre he querido comer en el salón de mi tía.

Lucy lo siguió, mirándolo con curiosidad.

–Por mí no hay problema. Pero, ¿qué tiene de particular ese salón?

Oliver dejó las bolsas en la mesa y sacó su contenido. Era comida de un restaurante italiano que estaba cerca de su despacho.

–Cuando Harper y yo éramos niños, nos prohibía que comiéramos en el salón porque tenía miedo de que mancháramos su valiosísima alfombra marroquí, así que siempre comíamos en la cocina –contestó–. Y como no volví de mayor, no he comido nunca en el salón de la casa.

Lucy rompió a reír. Ella tampoco había comido en el salón, pero solo por una cuestión de conveniencia. Comía en la cocina y, ocasionalmente, en su dormitorio.

–Pues será la primera vez para los dos.

A pesar de sus intenciones, la visión de las cremas y salsas de los manjares italianos les hizo cambiar de criterio. Ninguno quería manchar la dichosa alfombra marroquí y, al cabo de unos instantes, dijeron al unísono:

–Vamos a la cocina.

Tras recogerlo todo, salieron del salón entre carcajadas.

Cuando terminaron de cenar, Oliver alcanzó el tiramisú y dos tenedores, tomó a Lucy de la mano y la llevó al dormitorio.

–Es la hora del postre –dijo.

Ella gimió, porque había comido demasiado. Le gustaba mucho el tiramisú, pero no estaba segura de poder comer más.

–Estoy demasiado llena –protestó.

Oliver le guiñó un ojo.

–No te preocupes por eso. Antes de pasar al postre, haremos un poco de ejercicio físico. Así nos bajará la comida.

Él se inclinó sobre la mesita de noche para dejar el tiramisú, y ella se acercó por detrás y acarició sus anchos hombros. Le encantaba verlo de traje cuando volvía de trabajar. Le encantaba el contraste de la suave y cara tela contra el acero de sus músculos.

Oliver se quitó la chaqueta y se la dio. Lucy la dejó en el respaldo de una silla y, a continuación, siguieron con el ya familiar juego de desnudarse. Durante los primeros días, ella se sentía insegura porque no estaba acostumbrada a quitarse la ropa delante de nadie, pero ahora le pasaba lo contrario.

Luego, él apartó el edredón, se metió con ella en la cama y la besó. Como tantas veces, Lucy se quedó asombrada con la rapidez de su respuesta física. Cuando estaban juntos, todo lo demás carecía de importancia. El mundo y sus problemas desaparecían de repente y se disolvían bajo la fuerza del amor.

–Me gustaría tomar un poco de tiramisú –susurró él–. Si no te importa.

A Lucy le importaba mucho. Estaban en medio de algo importante, y él quería dejarlo para comer. Pero se calló lo que pensaba, y obtuvo una recompensa sorprendente.

Oliver alcanzó el plato del postre, se arrodilló entre sus muslos y, tras besarle las piernas, pasó el dedo índice por la nata del tiramisú y se lo pasó por los pezones. Después, hizo lo mismo con su estómago, apartó el plato y la empezó a lamer lentamente. Lucy se estremeció con una mezcla de necesidad e impaciencia, y soltó un gemido de placer cuando llegó a sus pechos y se los succionó.

Era la primera vez que servía de postre a un hombre, pero le gustó mucho. De hecho, le gustó tanto que quiso hacérselo a él y, cuando Oliver alcanzó el tiramisú para repetir la operación, ella lo detuvo.

—Yo también quiero.

—¿No decías que no tenías hambre?

—Oh, por favor —dijo ella con expresión inocente—. Solo un poquito.

—Bueno, ya que lo pides con tanta educación…

Oliver metió el dedo en la tarta y se lo ofreció. Ella se lo metió en la boca y lo chupó con ansiedad, pero no se detuvo cuando la nata desapareció: siguió chupando, y de un modo tan sensual que él soltó un suspiro de desesperación.

—Bueno, basta de juegos —dijo Lucy, soltándolo de repente—. Quiero mi postre entero, y lo quiero ahora.

—Está bien.

Él dejó el plato en la mesita de noche, la agarró por la cintura y la sentó en su regazo. Lucy se sintió más poderosa que nunca al verse encima, y se sintió especialmente así porque Oliver la miraba con verdadera admiración, como si fuera una fantasía hecha realidad, como si fuera la mujer sexy del mundo.

—Eres tan bella que no puedo apartar la vista de ti.

Oliver le acarició el labio inferior con un dedo, y Lucy se preguntó de dónde había salido aquel hombre que la volvía loca. Las cosas se habían desquiciado tras la muerte de Alice. Todo le parecía vagamente absurdo, desde el testamento hasta el nuevo futuro que se abría ante ella. Pero lo de Oliver iba más allá. Era atractivo, inteligente, carismático. Era un verdadero sueño. Y sin embargo, estaba allí, justo debajo de sus piernas.

Rápidamente, le puso un preservativo y descendió sobre él, poseyendo su cálido y duro sexo. Al sentirlo en su interior, cerró los ojos y se mordió el labio inferior. Oliver cerró las manos sobre sus caderas y la inmovilizó brevemente, para que los dos pudieran saborear la sensación de sus cuerpos unidos. Luego, ella se empezó a mover y marcó un ritmo lento y regular.

Solo habían pasado unas semanas desde la primera vez que se vieron, en el despacho del abogado de Alice; pero a Lucy le resultaba difícil de creer, porque tenía la sensación de que había pasado un siglo y porque ya no se imaginaba sin él. No soportaba la idea de perderlo. Nunca había sentido nada parecido. Y a veces, cuando él se quedaba dormido, ella seguía despierta y se preguntaba qué podía significar.

En cambio, esa noche fue diferente; y lo fue porque, mientras hacían el amor, se dio cuenta de lo que pasaba: que se había enamorado de él.

Aquella revelación aumentó la potencia de las sensaciones que la dominaban. Había tenido varios amantes antes de conocer a Oliver, pero ninguna relación seria. Nada que se acercara ni lejanamente a lo que sentía con él. Nada que se aproximara al vínculo emocional que habían establecido. Y eso lo cambió todo.

El placer empezó a crecer en su interior, extendiéndose desde lo más profundo de su ser. Lucy notó que sus músculos se tensaban alrededor de su erección, y que su cuerpo se preparaba para una más que esperada satisfacción.

–Sí –dijo Oliver, aferrado a sus caderas–. Déjate llevar.

Lucy no tuvo más remedio que obedecer. Y su orgasmo fue una explosión que le arrancó un grito desesperado, una descarga mucho más fuerte de las que había sentido hasta entonces. Pero, por muy placentero que fuera, no fue tan intenso como el calor de su corazón. La felicidad de estar con Oliver era enormemente más abrumadora.

Momentos después, él se fundió en ella con un gemido que se mezcló con sus jadeos. Entonces, Lucy se tumbó sobre su cuerpo, tan agotada como satisfecha. Y tras unos minutos de silencio, Oliver le dio un beso y dijo:

–Voy a la cocina, a buscar algo de beber. ¿Quieres algo?

Lucy sacudió la cabeza. En ese momento, tenía todo lo que podía desear. No podía ser un instante más perfecto.

Oliver se levantó y, al verlo salir del dormitorio, ella se volvió a sentir dominada por un profundo y arrebatador sentimiento, que solo tenía un nombre posible: amor. Ya no tenía ninguna duda. Estaba enamorada de él.

¿Habría cometido el peor error de su vida?

Capítulo Diez

–¿Qué hacemos aquí? Discúlpame, pero no entiendo que hayamos vuelto a Connecticut y que estemos buscando apartamentos otra vez –protestó Harper.

–Ya no tengo edad para vivir en un colegio mayor –dijo Lucy–. Si voy a volver a la universidad, quiero tener mi propio domicilio.

Era un día bastante fresco. El verano había sido más largo de lo habitual, pero estaban a finales de septiembre y el otoño se empezaba a hacer notar. En poco tiempo, los árboles perderían las hojas y la gente se pondría botas y jerséis. Y en enero, cuando Lucy volviera a Yale, tendría que llevar abrigo y guantes.

–Ni siquiera sé por qué te empeñas en seguir con la carrera. ¿Por qué te importa tanto? Cuando recibas la herencia de Alice, serás tan rica que no tendrás que volver a trabajar. Y, por supuesto, tampoco tendrás que mudarte a un apartamento barato del campus.

Lucy sacudió la cabeza y volvió a mirar el mapa con los pisos que se alquilaban en la zona de New Haven, la más cercana a la universidad de Yale. Desde luego, dejar la Quinta Avenida para marcharse a Connecticut no era lo ideal, pero era lo más realista en esas circunstancias. Aunque, por lo visto, ella era la única persona que parecía entenderlo.

113

–Esto no tiene nada que ver con la herencia. La reciba o no, quiero terminar la carrera. Siempre lo he deseado –replicó–. Me llevé una decepción terrible cuando la tuve que dejar. He estado ahorrando para volver y, como Alice ha muerto, ya no hay nada que me lo impida. Y si tengo que vivir en un apartamento viejo, con una moqueta destrozada y una lavadora de segunda mano, viviré.

Harper dejó de protestar cuando llegaron al último edificio de apartamentos, el que estaba más cerca del campus. Tenía muy buen aspecto, y no se atrevió a negarlo.

–¿Lo ves? No será tan terrible como creías –dijo Lucy–. Aunque sospecho que el precio será más alto de lo que pensaba.

Tras entrar en el edificio, el portero de la finca las llevó a un apartamento de un dormitorio, el único que estaba vacío en ese momento.

–Tendré otro libre antes de Navidad, porque los inquilinos actuales se marchan –dijo el hombre–. Pero, si quieren algo más grande, también tengo dos pisos de dos dormitorios.

Lucy sacudió la cabeza.

–No, gracias, solo sería para mí –replicó–. Y no tengo intención de compartirlo.

–Como quiera. Entonces, la dejo para que pueda echar un vistazo. Si tiene alguna pregunta, estaré aquí.

El portero se quedó en el pasillo, y Lucy y Harper entraron en el apartamento. Al verlo, las dos suspiraron al unísono. No estaba tan mal. A la izquierda, había un salón grande y un patio; a la derecha, un comedor y una cocina y, al fondo, un dormitorio y un cuarto de baño. Los muebles no eran ni modernos ni particularmente elegantes, pero tenían buen aspecto y estaban en buenas condiciones.

–Sí, esto me podría servir.

Harper arrugó la nariz.

–¿Por qué no te alquilas algo en la ciudad?

Lucy arqueó una ceja.

–¿Con qué dinero? Sé que eres rica y que te cuesta hacerte a la idea, pero solo cuento con mis escasos ahorros. Tengo para pagar la matrícula, los libros, la comida y un piso barato. No da para más. No puedo alquilar nada mejor.

–Pero…

Lucy no la dejó hablar.

–No insistas con lo de la herencia. Quizá no lo sepas, pero el abogado no me ha llamado ni una sola vez desde que Oliver presentó la demanda –dijo–. No puedo hacer cálculos a partir de un dinero que quizá no llegue a recibir.

Harper suspiró y se cruzó de brazos.

–¿Y qué me dices de Oliver?

Lucy frunció el ceño.

–¿Qué pasa con él?

–Estáis saliendo juntos. Es tu novio, ¿no?

–Oliver no es mi…

–Llámalo como quieras –la interrumpió–, pero estás saliendo con él. Y por lo visto, os va bastante bien. ¿Vas a dejar a mi hermano para venirte a Connecticut?

Lucy tragó saliva. Era un problema que no se quería plantear. Había descubierto que estaba enamorada de Oliver, pero eso no cambiaba sus planes. Quería volver a la universidad en cualquier caso.

–Sea lo que sea nuestra relación, no es lo suficientemente importante como para que abandone mi sueño de terminar la carrera.

–Pues a mí me parece que lo es. Puede que no estéis enamorados todavía, pero es obvio que estáis bastante encaprichados.

Lucy hizo caso omiso y entró en la cocina.

–Podrías estudiar en alguna de las universidades de Nueva York –insistió Harper, siguiéndola–. No es necesario que vuelvas a Yale.

Lucy la miró y puso los brazos en jarras.

–Tuve que esforzarme mucho para que me aceptaran en Yale, y quiero tener el título de esa universidad en la pared de mi casa.

Harper no se quedó muy convencida.

–Comprendo tu punto de vista, pero Nueva York tiene universidades igualmente buenas. Podrías ir a Columbia o NYU.

–Sí, ya lo sé, pero tomé la decisión mucho antes de conocer a Oliver y de saber que Alice me había dejado su fortuna. Además, ya me he matriculado. Empezaré en enero pase lo que pase –afirmó–. ¿Qué vas a hacer entonces? ¿Ayudarme a buscar un apartamento? ¿O quejarte constantemente?

Harper sonrió.

–Te ayudaré a buscar un apartamento en New Haven. Y te ayudaré porque soy una buena amiga.

–Excelente.

Momentos después, salieron al exterior, donde el portero les dio una tarjeta para que Lucy lo llamara si se decidía a alquilar el apartamento. Luego, dejaron el edificio, vieron dos pisos más en la zona y se fueron a comer al Vito's Deli, uno de los restaurantes a los que solían ir cuando estudiaban juntas.

—Estoy hambrienta —dijo Harper cuando llegaron.

La reacción de Lucy no fue tan entusiasta. El olor de los pepinillos, que eran típicos del establecimiento, hizo que se sintiera repentinamente mal. Pero lo achacó a que llevaba unos días indispuesta.

—¿Te pasa algo? —preguntó Harper.

—¿Por qué lo preguntas?

Su amiga la miró con preocupación.

—Porque te has puesto pálida. ¿Quieres que vayamos a otro sitio?

Lucy no quería dar problemas, pero asintió porque necesitaba un poco de aire fresco.

—Sí, será mejor que salgamos un momento. No sé por qué, pero el olor de los pepinillos me ha puesto enferma.

Al salir a la calle, Lucy respiró hondo y se sintió notablemente mejor. Seguía algo mareada, pero ya no estaba a punto de vomitar.

—Gracias. No sé lo que me pasa de un tiempo a esta parte. Ayer tampoco me sentía bien… Pensé que era por el sándwich de pollo que me había tomado por la tarde, pero su efecto no puede ser tan duradero —declaró—. No entiendo nada. ¿Cómo es posible que los pepinillos me revuelvan el estómago? Siempre me han encantado.

–Bueno, mi padre decía que, cuando mi madre estaba embarazada de Oliver, no soportaba su olor. A mí me parecía gracioso, porque casi es un estereotipo del embarazo. De hecho, Oliver odia los pepinillos –dijo Harper–. Pero, cuando se quedó embarazada de mí, le gustaban tanto que se los comía a puñados. Y yo los adoro.

Lucy soltó una risita nerviosa.

–Es un comentario bastante extraño, ¿no crees? Yo no estoy embarazada.

–Ni yo estoy insinuando que lo estés. Sin embargo, sería una coincidencia verdaderamente divertida. Sería el bebé de Oliver, y como él odia los pepinillos… –Harper se detuvo un momento y entrecerró los ojos–. ¿Seguro que no estás embarazada de mi hermano, Lucy? Dime la verdad, por favor.

Lucy se sentó en un banco cercano e intentó recordar su calendario biológico. ¿Cuántos días habían pasado desde la última vez? Solo recordaba que había sido antes de que Alice muriera; pero, tras echar cuentas de nuevo, sacudió la cabeza.

–No, no es posible. No puede ser, porque siempre usamos preservativo. Es imposible que me haya quedado embarazada.

Su amiga se sentó a su lado.

–¿Qué te parece si vamos a una farmacia y pedimos una prueba de embarazo? Así saldrás de dudas. Si el resultado es positivo, sabrás que no estás enferma y, si es negativo, que tienes que ir al médico –observó Harper–. Seguramente, será por culpa del estrés. Pero, en cualquier caso, te dejará más tranquila.

Lucy pensó que no había nada que la pudiera tranquilizar, y no lo había porque había mentido a Harper. Si sus cálculos eran correctos, llevaba dos semanas de retraso. Y nunca se retrasaba. Su cuerpo era tan exacto como un reloj suizo. Pero se había retrasado de todas formas y, desde luego, cabía la posibilidad de estuviera embarazada.

¿Cómo podía tener tan mala suerte? Nunca hacían el amor sin protección. Y, según las estadísticas, los preservativos solo tenían un 3% de error.

No, no podía estar embarazada. ¿Qué iba a hacer en ese caso? ¿Qué le iba a decir a Oliver? Además, estaba a punto de volver a la universidad y empezar una vida nueva. No se podía permitir el lujo de quedarse embarazada. Sería todo un problema, uno que no podía analizar en un banco callejero de New Haven.

–Anda, ven conmigo –dijo Harper, levantándola–. Iremos a una farmacia, te harás la prueba y, a continuación, encontraremos un restaurante que no te dé asco y celebraremos el hecho de que no estés a punto de darme un sobrino o una sobrina.

Lucy siguió a Harper; pero, en el fondo de su corazón, ya conocía el resultado de la prueba. Le gustara o no, iba a ser madre.

Oliver se llevó una sorpresa cuando Lucy le envió un mensaje para pedirle que cenaran juntos. Pensaba que Harper y ella iban a estar todo el fin de semana en Connecticut, pero, al parecer, habían acortado el viaje. Y se alegró mucho al saberlo. Aunque no lo quisiera admitir, la echaba terriblemente de menos. No se la podía quitar de la cabeza. Pensaba en ella todo el tiempo, y era incapaz de concentrarse en el trabajo.

Lucy había elegido un restaurante bastante ruidoso, en una de las zonas con más vida nocturna. No era el tipo de local que habría elegido él y, por si eso fuera poco, el tráfico estaba tan mal que llegó varios minutos tarde. Pero, al ver a Lucy, que ya había llegado, se sintió el hombre más feliz del mundo.

¿Cómo era posible que le gustara tanto? Ninguna mujer le había causado ese efecto. Sonreía sin poder evitarlo, y el pulso se le aceleraba sin más. ¿Sería lo que tantos poetas habían cantado en sus versos? No estaba seguro. Pero, cuando la miró a los ojos, se dio cuenta de que algo andaba mal. No parecía contenta de verlo.

Oliver intentó no preocuparse; a fin de cuentas, cabía la posibilidad de que solo estuviera cansada. Sin embargo, también era posible que hubiera pasado alguna cosa grave. Quizá una urgencia familiar.

–Hola, preciosa.

Él se inclinó y le dio un beso en los labios. Lucy se dejó besar, pero con más frialdad de la cuenta.

–Gracias por haber venido.

–¿Cómo no iba a venir? –preguntó él, sentándose–. Me he llevado una sorpresa al ver tu mensaje.

Pensé que no volvías hasta mañana.

Lucy asintió.

–Y pensabas bien, pero decidimos acortar el viaje. Ha pasado algo.

Oliver se puso tenso.

–¿Va todo bien?

Él camarero llegó en ese momento, para tomar nota de lo que querían beber. La interrupción no podía ser más inconveniente, pero Oliver se obligó a echar un vistazo a la carta de vinos.

–¿Quieres que pidamos un cabernet?

–No, gracias. Solo quiero agua mineral.

Oliver pidió vino para él y, cuando el camarero se fue, preguntó:

–¿Qué ha ocurrido? ¿Estás bien? ¿Le ha pasado algo a mi hermana?

–No, no se trata de eso. Harper y yo estamos perfectamente –contestó.

–Pero es una mala noticia…

–Bueno, depende de lo que entiendas por mala.

Oliver se empezó a poner nervioso. Nunca la había visto tan insegura, ni siquiera en el entierro de Alice.

–Sea lo que sea, te aseguro que me lo puedes contar. Deja que te ayude.

Ella respiró hondo.

–Lo siento, Oliver. Tendré que decírtelo directamente, porque no encuentro una forma suave de decirlo. Le he dado vueltas y más vueltas en el tren, pero no se me ha ocurrido nada… Estoy embarazada.

Oliver se quedó atónito. No podía pensar. No podía ni respirar. Estaba tan desconcertado como si el mundo hubiera desaparecido de repente.

–Discúlpame, pero no estoy seguro de haberte oído bien –declaró al fin–. ¿Puedes repetir lo que has dicho?

Lucy tragó saliva y se inclinó hacia delante.

—Lo has oído perfectamente bien. Estoy embarazada. Y lo estoy de ti.

A Oliver se le encogió el corazón. La conocía lo suficiente como para saber que no estaba mintiendo, y no supo qué decir. Iba a tener un hijo. Iba a ser padre. Era algo tan abrumador que los pensamientos se agolpaban en su cabeza sin orden ni concierto.

—No sé lo que ha pasado —prosiguió ella, incómoda con su silencio—. Hemos usado preservativos todas las veces. De hecho, no se me ocurrió que pudiera estar embarazada hasta que Harper se dio cuenta de que me sentía mal y se interesó al respecto. Compré una prueba en una farmacia y me la hice, pensando que saldría negativa, pero no fue así. Tengo una cita con el médico el miércoles que viene; pero, naturalmente, necesitaba hablar contigo.

Mientras ella hablaba, Oliver se había empezado a enfadar. El embarazo de Lucy le parecía tan sospechoso que despertó de golpe toda su desconfianza. Y, cuando por fin habló, su voz sonó llena de amargura.

—Sí, claro que tenías que hablar conmigo. ¿Cómo no ibas a informar a tu novio rico de que te has quedado embarazada de forma prácticamente milagrosa? —dijo con ironía—. En el peor de los casos, no tendré más remedio que darte un montón de dinero para la crianza del niño. Es una suerte que su padre sea millonario, ¿verdad?

Ella lo miró con asombro.

—¿Cómo?

Evidentemente, Lucy no esperaba esa reacción. Y Oliver se preguntó por qué. ¿Creía que se iba mostrar entusiasmado ante la perspectiva de tener un hijo con una posible estafadora? ¿Pretendía hacerle creer que el destino los había unido para que formaran una enorme y feliz familia? No, la vida no funcionaba así. Desde su punto de vista, ese tipo de cosas solo pasaban cuando alguien intervenía y manipulaba los acontecimientos a su favor.

Lo había estado engañando desde el principio. Era la única explicación posible.

–Es obvio que no has perdido el tiempo –continuó él–. Seguro que rompiste el preservativo que me diste la primera noche, cuando estábamos en el jardín de la azotea. Y pensar que me sentí aliviado… Por supuesto que tenías preservativos. Lo habías preparado todo. Hasta Candance se casó con mi padre antes de quedarse embarazada y empezar a gastarse su fortuna. Pero tú, no. Tú tenías prisa.

–¿Prisa? ¿Prisa de qué?

–No falta mucho para que el juez tome una decisión sobre la herencia de mi tía. Y, como sabías que puedes perder, buscaste el modo de sacar partido en cualquier caso.

Los grandes y marrones ojos de Lucy se llenaron de lágrimas, aunque él pensó que eran lágrimas de cocodrilo.

–¿Eso es lo que piensas de mí? ¿Crees que me he quedado embarazada a propósito? ¿Que me he complicado la vida por un puñado de billetes?

–No es un puñado de billetes, sino una tonelada –le recordó, furioso–. Siempre he sabido que eras una estafadora. Lo supe desde que te vi por primera vez en el despacho del abogado, fingiéndote inocente. Manipulaste a mí tía y manipulaste a mi hermana. Pensé que, si te conocía mejor, descubriría tus secretos y te podría desenmascarar, pero eres mucho más lista de lo que esperaba. Casi me habías convencido. Estaba a punto de retirar la demanda.

Oliver se detuvo un momento y siguió hablando.

–Bien jugado, Lucy. Has conseguido una situación donde solo puedes ganar. Si el juez fallara a tu favor, te quedarías con el dinero de Alice, con la mitad de mi fortuna y con lo que herede mi hijo algún día. Comparada contigo, Candance es una principiante. Ni siquiera te has tenido que acostar con un viejo.

Para entonces, la desesperación de Lucy se había convertido en rabia. Y, en lugar de hundirse, replicó:

–No, con un viejo, no. Solo he tenido que acostarme con un joven solitario y amargado.

Oliver soltó una carcajada seca.

–Puede que sea solitario y que esté amargado, pero yo no me acuesto con nadie para sacarle dinero.

Lucy dejó su servilleta en la mesa y se levantó.

–Eres un verdadero canalla, Oliver; pero te vas a arrepentir de lo que has hecho. Uno de estos días, cuando estés solo en la cama, te darás cuenta de que has cometido un error terrible. Y será demasiado tarde.

Ella alcanzó su bolso y se lo colgó de hombro.

–¿Te vas? ¿Tan pronto? –dijo él con sorna.

Lucy sacudió la cabeza y lo miró con una tristeza inmensa.

–¿Sabes una cosa? Estoy tan sorprendida con todo

esto como tú. No esperaba ser madre, y me asusta mucho. Sobre todo ahora, sabiendo que estaré sola y que tendré que criar al niño sin ayuda de nadie. Pero no te preocupes por el dinero... Si no quieres formar parte de la vida de nuestro hijo, no te molestes en darme nada. Sería un insulto para mí –afirmó–. Hagamos como si no nos hubiéramos conocido.

–Por mí, perfecto. Preferiría no haberte conocido.

–Pues no se hable más. Adiós, Oliver.

Lucy dio media vuelta, y se fue tan deprisa que estuvo a punto de chocar con el camarero. Oliver tuvo que hacer un esfuerzo para no mirarla y, cuando el camarero le sirvió su copa, se la bebió de golpe. Necesitaba un poco de alcohol. Necesitaba algo, lo que fuera, cualquier cosa que atenuara su dolor y borrara las lágrimas de ira que se empezaban a formar en sus ojos.

Poco a poco, se fue tranquilizando. Sabía que el vino no iba a solucionar sus problemas, pero le podía ayudar con el mal trago.

–¿Señor? –preguntó el camarero minutos después–. ¿Sabe si la señorita va a volver?

Oliver sacudió la cabeza.

–No, no va a volver.

–¿El señor cenará con nosotros?

Oliver siempre había tenido fama de ser un hombre con mucho aplomo; pero, a pesar de ello, no se imaginó comiendo tranquilamente mientras el mundo se derrumbaba a su alrededor.

–No, gracias. Me tomaré otra copa y me marcharé. Traiga la cuenta cuando pueda.

—Por supuesto, señor.

El camarero se fue, tan visiblemente incómodo como su cliente. Oliver se bebió otra copa, pagó la cuenta cuando se la llevaron y salió a la calle, que estaba llena de gente. Al verse allí, su enfado se transformó en decepción.

¿Por qué había permitido que le pasara eso? ¿Por qué se había acostado con Lucy, si siempre había sospechado que era una estafadora?

Se había dejado manipular por su sonrisa y sus pecas. Se había entregado ciegamente al calor de su cuerpo y la suavidad de su piel. Y ahora, iba a tener un hijo.

Un hijo suyo.

Oliver suspiró y empezó a caminar. Su casa estaba tan lejos que, en otras circunstancias, habría llamado a un taxi; pero necesitaba pensar.

Por mucho que le doliera, había cometido el mismo error que su padre. Se había enamorado de una mujer que lo había utilizado como si fuera un simple monigote. Y, a pesar de ello, lo había disfrutado. Había disfrutado cada segundo. Al parecer, no era más listo que Thomas en cuestiones de amor.

¿Amor? No, no podía ser eso. No era amor. Tenía que ser otra cosa.

Pero, fuera lo que fuera lo que sentía, no iba a permitir que Lucy lo expulsara de la vida de su hijo. No era una cuestión de dinero. No era un problema de responsabilidad. Sencillamente, quería ser un buen padre.

No dejaría que su hijo creciera en una familia rota.

Candance había abandonado a Danny porque solo le importaba el dinero, y él había perdido a su madre por culpa de un cáncer.

Pero su hijo no pasaría por eso.

Estaría con él. Quisiera Lucy o no.

Capítulo Once

Alice volvió a mirar la imagen en blanco y negro de la ecografía. Estaba sentada en el despacho de Alice y, al ver las minúsculas figuras, no más grandes en ese momento que una semilla, se preguntó cómo era posible que algo tan pequeño pudiera tener un efecto tan determinante en su vida.

El destino se estaba burlando de ella, y se estaba burlando por partida doble. Según el médico, no iba a ser madre de un hijo, sino de dos. Iba a tener gemelos. Por si uno solo implicara pocos problemas.

Estaba tan preocupada que hasta el doctor se había dado cuenta. Todo había pasado tan deprisa que Lucy no podía pensar con claridad. Y, para empeorar las cosas, cabía la posibilidad de que perdiera a uno de los bebés, si no a los dos. Era demasiado pronto para estar seguros de que el embarazo llegaría a buen puerto.

–Le haremos otra ecografía a las catorce semanas, para confirmar su evolución –le había dicho el médico–. Pero, hasta entonces, le recomiendo que no diga nada a nadie. No sabemos lo que puede pasar.

Lucy pensó que eso no sería un problema; aunque, evidentemente, se lo calló. ¿Cómo les iba a decir que estaba sola? Se limitó a asentir y a dejarse examinar mientras el mundo se hundía bajo sus pies.

Dejó la imagen a un lado y volvió a mirar los folletos de los apartamentos de New Haven. No podía creer que su vida hubiera cambiado tanto desde aquel viaje a Connecticut. Ya no se trataba de volver a la universidad, sino de volver a la universidad estando embarazada. O mejor aún: increíblemente embarazada, porque esperaba gemelos.

Sin embargo, eso no la incomodaba tanto como lo sucedido con Oliver. A decir verdad, nunca le había preocupado que la tomara por una estafadora que había engañado a su tía. A fin de cuentas, entonces no la conocía. Era una desconocida que, de repente, se quedaba con la fortuna de Alice. Hasta ella habría desconfiado. Y luego, cuando él le habló de Candance y de lo que le había hecho a su padre, lo entendió del todo.

Pero esto era diferente. La había acusado de quedarse embarazada a propósito.

Además, ya no era una desconocida para él. ¿Cuántas noches habían estado juntos? ¿Cuántas veces habían hecho el amor? En principio, tantas como para saber que era incapaz de hacer una cosa así. Y a pesar de ello, Oliver había reaccionado como si la creyera la peor persona de la Tierra.

Si se llegaba a enterar de que iba a tener gemelos, pensaría que le estaba bien empleado.

Lucy miró el apartamento que más le gustaba. Era bastante caro, porque tenía dos habitaciones. Pero ya no estaba sola. Ahora también tenía que pensar en sus hijos.

Por desgracia, no estaba segura de que lo pudiera

pagar; por lo menos, con el dinero que había ahorrado. Y, en cuanto a la herencia, daba por sentado que sus posibilidades jurídicas empeorarían mucho cuando Oliver la acusara de haberse quedado embarazada para echar mano a su fortuna, cosa que seguramente haría.

Si solo se hubiera tratado de ella, la pérdida de la herencia no le habría quitado ni un minuto de sueño. Era una suma tan grande que no habría sabido cómo manejarla. Prefería seguir como hasta entonces, viviendo de su trabajo. Pero los niños eran muy caros. Y siendo dos, todos los gastos se duplicarían, desde la comida hasta los pañales. ¿Cómo se las iba a arreglar? ¿Podría trabajar y cuidarlos al mismo tiempo?

Deprimida, dejó el folleto a un lado. ¿No se estaría engañando a sí misma? ¿Podía volver a la universidad en esas circunstancias?

Tal como estaban las cosas, quizá fuera mejor que renunciara a su sueño e invirtiera sus ahorros en los niños y en su sitio donde poder vivir. Aunque también podía comprar un billete de avión y volver a Ohio, con su madre. Así la ayudaría con los gemelos. Y no correría el peligro de cruzarse con Oliver.

–Sí, claro que lo he hecho a propósito, maldito cretino –se dijo en voz alta–. He destrozado mi vida y mis sueños por el simple placer de echarte el lazo. ¡Es la idea más absurda que he oído en mi vida! Y, por si fuera poco, voy a tener gemelos.

Lucy se llevó las manos a la cabeza y rompió a llorar.

Había pasado una semana desde su discusión con

Oliver, pero no había llorado ni una sola vez hasta ese instante. Le parecía una pérdida de tiempo, algo completamente inútil. Y como no se podía distraer con nada, se concentró en cosas como ir a centros comerciales y ver todos los productos para bebés.

No estaba preparada para ser madre. Antes de conocer a Oliver, se había olvidado de su sexo hasta el extremo de no mantener ningún tipo de relaciones íntimas y, desde luego, tampoco había considerado la posibilidad de quedarse embarazada. Eso no estaba entre sus prioridades. Ya lo pensaría si llegaba a conocer a un hombre que le gustara lo suficiente, un hombre con quien quisiera formar una familia.

Y lo había encontrado. Eso era indiscutible. Había cometido el error de enamorarse de Oliver, y lo seguía queriendo a pesar de todo. No tenía ni pies ni cabeza, pero el amor era así. Nadie había dicho que fuera fácil. Se presentaba de repente, de forma inesperada, aunque cruzó los dedos para que desapareciera del mismo modo.

Lamentablemente, estaba segura de que no iba a desaparecer. ¿Cómo podría olvidarlo, cuando tendría dos pequeños de ojos azules que serían la viva imagen de su padre? Cada vez que los mirara, lo vería a él. O eso imaginaba en ese momento, porque también estaba convencida de que tendrían sus ojos.

Aún lo estaba pensando cuando sonó el teléfono interior del edificio. El portero era el único que usaba esa línea, así que se levantó y contestó.

–¿Sí?

–Buenos días, señorita Campbell.

—Buenos días…

—Han traído un paquete para usted, y es bastante grande.

Lucy frunció el ceño, porque no esperaba nada.

—¿Un paquete? ¿Está seguro de que es para mí?

—Sí, estoy seguro. Es del Museo de Arte Moderno, según dice el remite. Será otro cuadro para su colección.

El portero estaba acostumbrado a recibir ese tipo de cosas. Cada pocos meses, alguien enviaba un cuadro o una escultura que habían despertado el interés de Alice. Pero Alice había fallecido, y Lucy no había comprado nada desde su muerte.

—Bueno, súbalo.

Lucy supuso que sería un error; pero, evidentemente, no saldría de dudas hasta que lo viera. Además, era posible que no se tratara de una compra, sino de alguna obra que Alice había prestado al museo sin que ella lo supiera.

Diez minutos después, dos hombres se presentaron en la puerta con un cuadro embalado. Lucy les abrió y se apartó para que lo pudieran meter en la casa.

—¿Dónde quiere que lo pongamos? —preguntó el mayor.

—En la galería —contestó ella—. Pero, antes de que se vayan, me gustaría abrir el embalaje para ver lo que contiene. Yo no he comprado ningún cuadro. Y si es un error, no tendré más remedio que devolverlo.

—Como quiera.

Los hombres llevaron el cuadro a la galería y, una

vez allí, el más joven se sacó un papel del bolsillo y dijo:

–Es la señorita Lucille Campbell, ¿verdad?

–Sí, efectivamente –contestó, más confundida que nunca.

–En ese caso, es para usted.

El mayor de los dos abrió el embalaje con una barra del hierro. Luego, con ayuda de su compañero, sacaron el cuadro y quitaron el papel que lo protegía.

Lucy se quedó perpleja al verlo.

Era el cuadro que había visto en la subasta, el del paisaje de Nueva York. Le había gustado mucho, pero no lo había comprado porque no quería gastarse tanto dinero.

Un momento después, se acordó de todo lo que había pasado aquella noche. Recordó la conversación del museo, el viaje a la casa de Oliver, el precioso jardín de la azotea y, por supuesto, su tórrida experiencia posterior.

Solo había una explicación posible: Oliver había comprado el cuadro antes que se marcharan del museo; pero, como esas cosas llevaban su tiempo, no se lo habían podido enviar hasta entonces.

–Déjenlo ahí, por favor.

Los hombres asintieron, recogieron el embalaje y sus herramientas y salieron de la casa, dejándola más confundida que nunca.

¿Qué iba a hacer con el cuadro?

Una parte de ella quiso prenderle fuego para vengarse de él. No necesitaba un recordatorio permanente de que había descubierto el amor y lo había perdido en cuestión de días. Pero destruirlo habría sido un insulto para la artista, que no tenía la culpa de nada. Y por otro lado, adoraba el arte.

Además, había una consideración que quizá fuera más importante en ese momento. No necesitaba ser muy lista para saber que Oliver habría pagado una fortuna por él; pero ahora era suyo, y su situación era tan complicada que quizá se viera en la obligación de venderlo para sacar adelante a sus hijos.

Al pensarlo, se deprimió tanto que se tuvo que sentar en el frío y duro suelo de mármol de la galería.

El gesto romántico de Oliver había llegado demasiado tarde, cuando ya no tenía ningún sentido. Pero el cuadro era verdaderamente precioso. En otras circunstancias, se habría sentido feliz de tenerlo.

Tras admirarlo un rato, se inclinó hacia delante y tocó el lienzo con la punta de los dedos. ¿Qué debía hacer con él?

La respuesta llegó enseguida, como una revelación. Quizá fuera un recordatorio permanente de la traición de Oliver, pero también sería el único nexo de los gemelos con su padre. Solo podía hacer una cosa, quedárselo.

Lucy suspiró y se levantó del suelo.

Tenía que encontrar un sitio donde colgarlo.

Oliver estaba destrozado.

No había otra forma de describir su situación.

Ni siquiera sabía cuántos días habían pasado desde que Lucy le dijo que se había quedado embarazada.

Había perdido la noción del tiempo. No iba a trabajar. No salía de su casa. Pero tampoco se atrevía a subir a la azotea, porque le recordaba a ella. Hasta su santuario personal estaba contaminado por la situación.

Sin embargo, no echaba la culpa a Lucy. No era tan irracional. Su enfado lo había cegado varios días; pero, al final, se había dado cuenta de que la responsabilidad era suya. Lucy no merecía las cosas horribles que le había dicho. Había hecho lo correcto. Había ido a verlo inmediatamente para informarle de que estaba esperando un niño, y él se lo había echado en la cara como si fuera un delito.

¿Qué podía hacer para arreglar las cosas?

Lo había pensado una y otra vez, dándole vueltas y más vueltas. Y no se le ocurría nada en absoluto.

Era desconcertante.

Él, Oliver Drake, presidente y salvador de Orion Technology, no sabía qué hacer. Él, un hombre supuestamente inteligente, no encontraba la forma de desandar lo andado.

Un día, mientras reflexionaba en el sofá, llamaron a la puerta. Era bastante extraño, porque nadie subía a su casa sin que el portero llamara antes para decírselo. Solo podía ser un miembro de su familia, los únicos que tenían permiso para subir sin más.

Oliver frunció el ceño, apagó la televisión y se dirigió a la entrada, cruzando los dedos para que no fuera Harper. Lo había llamado varias veces durante los últimos días, y él no se había molestado en contestar. Pero, cuando se asomó por la mirilla, se sintió aliviado. No era su hermana, sino su padre y su hermano.

—¿Papá? ¿Qué haces aquí? –preguntó al abrir la puerta.

Tom Drake miró a su hijo y sacudió la cabeza.

—Tienes un aspecto terrible.

Danny, que se había recuperado increíblemente bien del accidente, corrió al salón y encendió el televisor para ver uno de sus programas preferidos. Oliver pensó que el programa le aburriría pronto y que, cuando eso sucediera, se sacaría el videojuego que llevaba en el bolsillo y se pondría a jugar hasta que Thomas protestara. El niño llevaba la tecnología en las venas, como todos los Drake.

Tras cerrar la puerta, acompañó a su padre a la cocina. Tom alcanzó entonces la cafetera y la llenó.

—Pensaba que habías dejado el café –dijo Oliver.

Tom sacudió la cabeza.

—No es para mí, sino para ti.

—¿Para qué? No lo necesito. No tengo resaca.

Su padre entrecerró los ojos y lo miró de arriba abajo. Oliver estaba en pijama, sin afeitar y con el pelo revuelto.

—Te lo vas a beber de todas formas. Tienes que despertarte.

—No estoy dormido.

—Ni yo digo que lo estés. Lo decía metafóricamente. A veces, un hombre tiene que abrir los ojos y ver lo que está pasando a su alrededor. La vida es tan difícil que te puedes perder por el camino y no ser consciente ni de lo que está delante de tus narices. A mí me pasó en cierta ocasión, y no quiero que termines del mismo modo.

Oliver se rascó la cabeza, pero aceptó el café minutos después.

—¿Y bien? ¿A qué debo tu visita?

Tom abrió el frigorífico, sacó una botella de agua y se sentó a la mesa.

—Lo sabes de sobra. ¿Qué diablos te pasa?

Oliver se acomodó junto a su padre, intentando no recordar que estaban en la misma mesa donde había desayunado tantas veces con Lucy.

—No me pasa nada. Solo necesitaba un descanso.

—Tonterías. Es por esa mujer, Lucy.

Oliver no le había hablado de ella, y llegó a la conclusión de que se habría enterado por su hermana.

—Está embarazada, papá.

Thomas se encogió tranquilamente de hombros, como si un embarazo fuera lo más normal del mundo.

—Bueno, son cosas que pasan. ¿Qué piensas hacer al respecto?

—No lo sé. Sinceramente, me preocupa la posibilidad de cometer el mismo error que tú cometiste. No sé si puedo fiarme de ella. Toda la familia piensa que es una estafadora —respondió.

—¿Y qué piensas tú?

—¿Yo? —replicó, sin saber qué decir.

—Sí, tú.

Oliver lo pensó un momento. Se había formulado esa misma pregunta en infinidad de ocasiones, sin atreverse a contestarla. Pero esta vez se trataba de su padre, y no tenía más remedio que contestar de forma sincera, sin dejarse dominar por sus temores.

—No creo que tenga nada que ver con el hecho de

que la tía Alice cambiara su testamento. He llegado a conocerla bien, y sé que no habría sido capaz de manipularla. Creo que Alice le dejó su fortuna porque la quería ayudar… pero, ¿qué pasaría si me equivoco? ¿Qué pasaría si resulta ser como Candance? ¿Cómo sé que no se ha quedado embarazada a propósito para quitarme mi dinero?

Tom suspiró y se pasó una mano por su canoso pelo.

–No lo sabes. No hay forma alguna de saberlo –dijo–. Pero te debo una disculpa, porque todo esto es culpa mía.

Oliver arqueó una ceja.

–¿Culpa tuya?

–Ya eras mayor cuando Candance me traicionó, y te lo conté todo porque pensé que lo podrías entender. Pero es posible que te haya creado un problema de inseguridad –dijo–. Fui un idiota, Oliver. Me dejé enredar por tu madrastra y tomé decisiones que ahora me parecen estúpidas. Pero me sentía solo, así que me arriesgué. Y es posible que, si me volviera a pasar ahora, me arriesgara de nuevo.

Oliver lo miró con asombro.

–¿Lo dices en serio?

Thomas sonrió y bebió un poco de agua.

–Por supuesto que sí. A pesar de lo sucedido, Candance y yo nos llevábamos muy bien en la cama. Es cierto que asaltó mis cuentas bancarias y me dejó casi en la ruina, pero no fue un precio demasiado excesivamente elevado a cambio de dos años de diversión y del niño que está en el salón de tu casa –respondió su padre–. Aunque solo fuera por Danny, lo volvería a hacer otra vez.

Los dos hombres se giraron hacia el salón y miraron al pequeño, que se había sentado en el suelo, con las piernas cruzadas.

–Las cosas no salen siempre como esperamos, pero eso no quiere decir que no salgan como tienen que salir –continuó Tom–. Además, si crees que Lucy no hizo nada por quedarse con la herencia de Alice, ¿por qué piensas que se ha quedado embarazada a propósito? Puede que sea lo que te dijo, un simple accidente.

Oliver bajó la cabeza y miró la taza de café que tenía entre las manos, pensando en la cara que tenía Lucy cuando él llegó al restaurante y la vio en la mesa. Era obvio que tenía miedo de darle la noticia. Parecía tan confundida como nerviosa. Necesitaba su apoyo y, en lugar de dárselo, la había insultado y despreciado.

–Te lo preguntaré de otra forma –dijo su padre–. ¿Es tan importante para ti? ¿Querrías menos a tu hijo si supieras que su madre te ha engañado?

Oliver no lo dudó. Ya lo había pensado, y había llegado a esa misma conclusión. Pero la pregunta adecuada no era esa, sino una mucho más personal: si sería capaz de amar a Lucy en ese caso.

–No, claro que no –respondió.

–¿Y qué sentías por Lucy antes de que hablara de su embarazo?

Oliver tragó saliva.

–Bueno, pensaba que me estaba enamorando de

ella. Y supongo que me asusté –le confesó–. Nunca me he enamorado de nadie. Además, todo ha pasado tan deprisa…

–A tu madre y a mí nos pasó lo mismo. Nos conocimos, empezamos a salir y dos meses después, nos casamos. Fue algo intenso, maravilloso y aterrador al mismo tiempo, pero no soportaba la idea de estar sin ella.

Thomas nunca le había hablado de esa época, lo cual aumentó la perplejidad de Oliver. Obviamente, había estado a punto de preguntarle varias veces, pero no se interesaba al respecto porque suponía que sería doloroso para él.

–¿Por qué os casasteis tan deprisa?

–Por ti, claro. Como ya he dicho, son cosas que pasan.

Tom sonrió a su hijo, se levantó de la silla y llamó al niño.

–¡Daniel, apaga la televisión! Nos vamos.

A continuación, se llevó una mano al bolsillo de la chaqueta y sacó un paquete pequeño, que dio a Oliver.

–Puede que esto te ayude cuando te aclares las ideas. Era de tu madre –dijo–. En fin, ya nos veremos.

Antes de que Oliver pudiera reaccionar, Danny se presentó en la cocina, le dio dos besos y se fue con su padre.

Ya solo, Oliver llevó el paquete a la mesa y lo abrió. Era el anillo de compromiso de su madre, un diamante engarzado en una montura de platino. Y, cuando lo vio, se dio cuenta de que si había sido perfecto para ella, también lo sería para Lucy. A ella también le gustaban las cosas sencillas, elegantes y clásicas.

Definitivamente, no habría podido encontrar mejor regalo para su futura esposa y la futura madre de sus hijos.

Si es que lo aceptaba.

Oliver estuvo mirando un rato el anillo. Para entonces, ya había llegado a la conclusión de que quería que Lucy volviera con él; y no porque estuviera embarazada, sino porque se había enamorado de ella. A pesar de ser un hombre terriblemente desconfiado, Lucy había conseguido derribar sus defensas y llegar a su corazón, liberándolo de sus temores. Y quería que fuera suyo. Suyo y del bebé.

En determinado momento, llamaron a la puerta. Oliver supuso que Danny se habría dejado algo y que había regresado con Thomas, pero se llevó un disgusto cuando abrió y se encontró ante una enfurecida Harper.

—¡Eres un idiota! —exclamó, entrando en la casa.

—Yo…

—¿Cómo se te ocurre acusar a Lucy de haberse quedado embarazada a propósito? ¡Eso es completamente absurdo! ¡Tenía planes! ¿Por qué crees que fuimos a Connecticut? ¡Quería volver a la universidad! —bramó—. ¿Y cómo se las va arreglar para salir adelante? ¿No te lo has preguntado? Sobre todo, teniendo en cuenta que impugnaste el testamento y no puede usar el dinero de Alice.

Oliver suspiró. Había llegado el momento que tanto temía. Y conociendo a su hermana, sus gritos solo eran el principio de algo peor.

Pero, cuando terminara de gritar y de insultarlo, quizá le podría ayudar a encontrar la forma de salir del lío en el que él mismo se había metido. Y si la encontraba, todo el mundo volvería a ser feliz.

Capítulo Doce

–¿Lucy? Soy Phillip, el abogado de Alice. ¿Qué tal estás?

Lucy se quedó helada al oír la voz de Phillip al otro lado de la línea. No había sabido nada de él en mucho tiempo. ¿Significaba eso que el juez ya había fallado?

–Bien, gracias –contestó.

–Excelente –dijo él–. Te llamo porque tengo buenas noticias… a decir verdad, tan buenas como sorprendentes. El señor Drake ha retirado la demanda.

Lucy se sintió tan débil que se tuvo que sentar en una silla.

–¿Qué? –preguntó, incrédula.

–Que la ha retirado –repitió–. Todo es tuyo, Lucy: el dinero, el piso, la colección de arte, todo. Felicidades.

Lucy quiso decir algo, pero se había quedado sin palabras. No esperaba recibir esa noticia. De hecho, suponía que la demanda de Oliver la condenaría a un largo litigio y a una desagradable investigación sobre el estado mental de Alice cuando cambió el testamento para dejarle la herencia a ella. Y, en lugar de eso, Phillip la llamaba y le decía que era una mujer rica. Si le hubiera tocado la lotería, no le habría sorprendido más.

Su primera reacción no fue de felicidad, sino de alivio. Estaba verdaderamente preocupada por su futuro, porque iba a ser madre y no tenía dinero para cuidar de sus hijos. Sin embargo, ese problema había desaparecido de repente, y sin necesidad de tragarse su orgullo y pedir ayuda a Oliver.

Pero ahora tenía una duda. Y no era pequeña.

—¿Sabes por qué ha retirado la demanda? ¿Ha dado alguna explicación?

—No, ninguna. Aunque, sinceramente, esperaba que cambiara de idea.

Lucy no dijo nada.

—Bueno, me encargaré de que recibas todas las propiedades de Alice —continuó el abogado—. Supongo que el proceso llevará una o dos semanas, porque implica bastante papeleo. Pero ya es definitivo, Lucy. Y me alegro mucho por ti.

—Gracias, Phillip.

Lucy se despidió y colgó el teléfono, tan sorprendida que no fue capaz de levantarse de la silla. ¿Por qué habría cambiado Oliver de idea? Había considerado la posibilidad de que el juez fallara en su favor, pero no creía que Oliver retirara la demanda; de hecho, no lo había creído en ningún momento, ni siquiera cuando las cosas iban bien. Era uno de esos hombres que no mezclaban los negocios con el placer.

¿Qué había pasado?

Primero, le decía que no quería saber nada de ella y después, retiraba repentinamente la demanda. ¿Qué significaba eso? ¿Sería una estratagema para asegurar el futuro de sus hijos sin tener que poner nada de su propio dinero? Obviamente, Lucy no lo podía saber, pero estaba segura de que no sería ni la proverbial rama de olivo ni un intento de reconciliarse con ella. Habrían sido demasiados milagros para un mismo día.

Fuera como fuera, no supo qué hacer. Tenía la sensación de que debía decírselo a alguien, pero estaba demasiado confundida. No le parecía real. Nunca se lo había parecido. Era como la imagen de la ecografía.

Una hora antes, se estaba preguntando si podría poner una cama y dos cunas en uno de los apartamentos pequeños que había visto en New Haven. Y ahora, súbitamente, se podía comprar una casa y un coche y podía buscar una niñera sin necesidad de volver a trabajar en toda su vida.

El mundo se había vuelto loco. Cambiaba todas las semanas, y Lucy ya no estaba segura de poder soportar tantos vaivenes.

En principio, tenía motivos para estar contenta. Era millonaria. Era más rica de lo que jamás habría imaginado. Sus hijos tendrían todo lo que pudieran desear, y a ella no le volvería a faltar nada. De hecho, no podía negar que se sentía como si le hubieran quitado un peso de los hombros. Pero no era feliz.

¿Cómo lo iba a ser, teniendo en cuenta que Oliver la había abandonado? El dinero no le podía devolver al hombre que amaba, al padre de sus hijos. Y habría renunciado a toda su fortuna a cambio de que se presentara en ese momento, le pidiera perdón y le dijera que estaba enamorado de ella.

Lamentablemente, estaba segura de que eso no iba a suceder. No después de las cosas que había dicho. Ni él cambiaría de idea ni ella lo podría perdonar.

Y justo entonces, llamaron a la puerta.

Lucy se levantó con el corazón en un puño. ¿Sería posible que fuera él? No lo creía. Supuso que sería Harper o la señora de la limpieza, lo cual no impidió que retrasara el momento de abrir. No quería llevarse la desilusión de que fuera otra persona.

Pero no se la llevó. Contra todo pronóstico, era Oliver.

—Hola —dijo él.

Ella lo miró y se sintió como si estuviera perdida en el desierto y acabara de encontrar un oasis. Llevaba un traje gris, una camisa azul que enfatizaba el color de sus ojos y un ramo de rosas en la mano.

—Hola —dijo ella.

Lucy se apartó de la puerta y le dejó entrar, ansiosa por conocer el motivo de su visita. A fin de cuentas, el hecho de que estuviera en su casa no implicaba necesariamente que quisiera arreglar las cosas. Y aunque quisiera, no estaba segura de que se pudieran arreglar. Estaba enamorada de él, pero también quería a sus hijos, y tenía que actuar con inteligencia. Además, un ramo de flores no era disculpa suficiente.

—Son para ti —dijo Oliver, ofreciéndole el ramo con una sonrisa nerviosa.

—Gracias.

Lucy le dio la espalda y se fue a la cocina, a poner las flores en agua. Necesitaba estar un momento a solas.

Cuando volvió, descubrió que Oliver había entrado en la galería y que estaba mirando el cuadro que le había regalado. Lucy había tardado en decidirse, pero por fin había encontrado un sitio donde colgarlo.

–Gracias por el cuadro, aunque no hacía falta que me lo compraras.

–Lo sé. Por eso te lo regalé.

Ella dejó el jarrón con las rosas en una mesita y lo miró de nuevo.

–Tampoco era necesario que retiraras la demanda. Habría sido mejor que las cosas siguieran su curso y que el juez tomara una decisión.

Oliver sacudió la cabeza.

–No, no lo habría sido. No me podía arriesgar a eso. He retirado la demanda porque he cambiado de idea.

Lucy se cruzó de brazos, adoptando una postura de defensa. Oliver le gustaba demasiado, y necesitaba protegerse; pero no de él, sino de lo que ella misma pudiera hacer si se dejaba llevar por los sentimientos.

–¿Que has cambiado de idea? ¿A qué te refieres? –preguntó–. ¿A que ya no me consideras una malvada estafadora que manipuló a tu tía para quedarse con su fortuna? ¿O a que ya no crees que me quedé embarazada a propósito para quedarme con la tuya?

Oliver tragó saliva, nervioso. Lucy no lo había visto nunca tan tenso, ni en el despacho donde se conocieron ni en el restaurante donde le dijo aquellas cosas terribles. Siempre se había mostrado asombrosamente tranquilo.

–Lo siento, Lucy –dijo al cabo de unos segundos–. Siento todo lo que ha pasado. No debí cometer el error de expresar mis temores en voz alta, porque eso es lo que eran… mis propios demonios personales. Y no merecías ese trato. Tú no eres como mi madrastra. Lo sé ahora y lo sabía entonces, pero tenía miedo porque me había enamorado de ti y no sabía qué hacer. Me sentía atrapado.

Oliver respiró y siguió hablando.

–Me asustaba la posibilidad de cometer el mismo error que mi padre, y estaba tan obsesionado con ello que cometí uno peor: destrozar lo mejor que me ha pasado en toda mi vida. Pero espero que puedas perdonarme alguna vez, porque tengo intención de luchar por tu perdón hasta el fin de mis días.

A Lucy se le hizo un nudo en la garganta. Sus palabras eran tan dolorosamente sinceras que sintió lástima de él, aunque también tuvo miedo de creerle. ¿Qué pasaría si le concedía otra oportunidad y le volvía a romper el corazón?

–Gracias. Sé que decir eso te ha costado mucho.

–No tanto como piensas. Soy consciente de que me equivoqué contigo, de que he estado equivocado desde el día en que nos conocimos. Si pudiera volver atrás y empezar de nuevo, volvería; pero no puedo cambiar el pasado –declaró–. ¿Serás capaz de perdonarme?

Oliver le dedicó una mirada cargada de esperanza, y ella se estremeció. Nunca había oído una disculpa tan convincente. Sabía que lo decía de verdad. Estaba sinceramente arrepentido.

–Sí, claro que sí. Te perdono por todo lo que has dicho y hecho.

Lucy se dio cuenta de que Oliver estaba esperando algo más, pero no podía ir más allá sin arriesgarse demasiado.

–Gracias. No sabes lo feliz que me haces, porque estoy profundamente enamorado de ti, y pensé que ya no tendría la oportunidad de decírtelo –replicó él, tomándola de la mano–. ¿Crees que podrías llegar a amarme?

El contacto de su piel la afectó tanto que casi no podía pensar. Además, su cuerpo empezaba a traicionarla. Ardía en deseos de acariciar su pecho, perderse en su aroma y abrazarlo con todas sus fuerzas. Sin embargo, la conversación que mantenían era demasiado importante para interrumpirla por culpa del deseo. Tenían que hablar, y no podrían hablar de nada si tomaban ese camino.

Por fin, respiró hondo y lo miró de nuevo. Los ojos de Oliver le estaban rogando que volviera con él.

–No –contestó.

Oliver intentó disimular su decepción. Sabía que se arriesgaba mucho al presentarse en su casa para pedirle perdón, pero era lo único que podía hacer. De hecho, se había prometido que aceptaría cualquier respuesta, aunque ella no estuviera dispuesta a concederle otra oportunidad. Y, al parecer, no lo estaba.

–Está bien –dijo, derrotado.

–No me has entendido, Oliver. He dicho que no te

puedo llegar a amar porque ya estoy enamorada de ti. Siempre lo he estado.

Lucy sonrió, y él la tomó entre sus brazos, fuera de sí.

–¡Oh, Dios mío! ¿Me estás diciendo que no lo he estropeado todo? ¿Que aún podemos fundar una familia?

Los ojos de Lucy se llenaron de lágrimas.

–¿Es que quieres fundar una familia?

–Por supuesto que quiero.

Oliver se arrodilló entonces e intentó interpretar la escena que había practicado veinte veces desde que su padre le dio el anillo de compromiso de su madre. Pero estaba tan emocionado que no recordaba el discurso que había preparado, así que optó por abrirle su corazón y decir lo primero que se le ocurriera, con la esperanza de que fuera suficientemente romántico.

–Lucy, jamás pensé que una mujer se pudiera enamorar de mí por lo que soy. Supongo que la desgracia de mi padre me influyó en exceso. Pero luego te conocí, y lograste que todo mi mundo se tambaleara. Me obligaste a hacerme preguntas que no me había hecho nunca. Me obligaste a ver que me estaba escondiendo de mí mismo. Me forzaste a admitir que me había enamorado.

Oliver se pasó una mano por el pelo.

–Por desgracia, no supe cuánto te amaba hasta que destrocé lo nuestro –prosiguió–. Desde entonces, me he sentido el hombre más solo del mundo… Pero luego decidí que estaba dispuesto a hacer lo que fuera con tal de recuperarte. Por eso llamé a mi abogado y retiré la demanda. Quería que supieras que confío en ti. Alice te dejó ese dinero porque le pareció que te lo merecías, y yo opino lo mismo, tanto si me amas como si no.

–¿Estás hablando en serio? ¿Confías en mí?

Oliver no lo dudó.

–Plenamente, Lucy. No hay un gramo de maldad en todo tu cuerpo. Me parece increíble que me llegara a convencer de lo contrario, pero eso es agua pasada. Si no lo fuera, no habría llevado esto al joyero para que lo retocara y lo hiciera a tu medida.

Él se metió una mano en el bolsillo, abrió la cajita del anillo y se lo enseñó.

–Perteneció a mi madre. Mi padre me lo dio con la esperanza de que dejara de lamentar mi mala suerte y me atreviera a empezar una nueva vida, contigo. Bueno, no solo contigo, sino también con nuestro hijo.

Lucy miró el anillo sin saber qué decir, y él se dio cuenta de que aún no había pronunciado las palabras adecuadas.

–Lucille Campbell, ¿me harás el honor de ser mi esposa? ¿Aceptarás mi amor?

Lucy sonrió de oreja a oreja.

–Sí, claro que lo acepto.

Oliver sacó el anillo de la caja y se lo puso.

–Ah, el joyero lo ha dejado más grande de la cuenta porque le comenté que estabas embarazada, y dijo que no lo podrías llevar durante el segundo y tercer trimestre del embarazo si lo estrechaba en exceso.

–Es perfecto –dijo ella–. Y me siento honrada de llevar el anillo de tu madre. Sé que significa mucho para ti.

Antes de levantarse del suelo, Oliver le besó las dos manos. Luego, se apretó contra su cuerpo y la abrazó con todas sus fuerzas, como si tuviera miedo de perderla otra vez. Se había comportado como un estúpido, pero había aprendido la lección.

—Sí, quiero que fundemos una familia, una como la que tuvieron mis padres —dijo al cabo de unos segundos—. Cuando pensaba que ibas a criar a nuestro hijo sin mí, me sentía tan mal que casi no podía soportarlo. Siento lo que dije aquella noche. Estaba terriblemente confundido. Pero, aunque no esperaba ser padre tan pronto, haré todo lo que esté en mi mano por hacerle feliz y por hacerte feliz a ti. Haré lo que quieras.

—No sé qué más podría pedirte, Oliver. En lo que va de día, me has regalado el anillo de compromiso de tu madre y has permitido que reciba la herencia de Alice. Sería verdaderamente avariciosa si esperara más —dijo con humor.

—Harper me contó que quieres volver a la universidad. ¿Por qué no me lo habías dicho?

Lucy dudó.

—Sí, es cierto que quería volver, pero…

—No hay peros que valgan —la interrumpió—. Si quieres volver a Yale, vuelve.

—Está demasiado lejos. Lejos de ti y de tu trabajo —replicó—. No quiero estar sola en Connecticut mientras tú diriges tu empresa en Nueva York.

Oliver se encogió de hombros.

—Eso no sería un problema. Si quieres venir a Nueva York todas las noches, te enviaré mi avión privado.

Y, si quieres quedarte allí durante la semana, compraremos una casa en la zona e iré a verte cuando pueda hasta que termines la carrera.

—No sé, no sería complicar las cosas —dijo ella—. No quiero estar tan lejos de ti… Quizá sea mejor que siga el consejo de Harper y me matricule en Columbia o NYU. Además, tenemos que estar juntos cuando dé a luz. Eso es lo más importante.

Oliver sonrió. Obviamente, prefería que Lucy se quedara con él, pero estaba dispuesto a aceptar lo que decidiera.

—¿Estás segura de eso? Quiero que seas feliz.

—Estar contigo me hace feliz. Además, es posible que espere un par de años antes de volver a la universidad. No me creo con fuerzas de casarme, dar a luz y ser madre al mismo tiempo. La carrera puede esperar.

—Bueno, si es lo que quieres… Lo cual me recuerda que todavía no hemos decidido dónde vamos a vivir. Tenemos dos pisos preciosos, y los dos están en Manhattan.

—Quiero vivir en tu casa —dijo ella sin dudarlo—. Para empezar, porque no me atrevería a pedirte que renuncies a tu jardín y para continuar, porque el piso de Alice es demasiado formal. Nuestros hijos no podrían jugar tranquilamente entre tantos cuadros y esculturas.

—¿Nuestros hijos? ¿Ya estás pensando en tener otro?

Lucy arrugó la nariz.

—Bueno, hay algo que no te he contado todavía.

—¿De qué se trata?

–El médico ha dicho que voy a tener gemelos.

Oliver se sintió repentinamente mareado. Eran demasiadas emociones. Se había enamorado por primera vez, se había comprometido por primera vez e iba a ser padre por primera vez.

Y también fue la primera vez que se desmayó.

Epílogo

Lucy miró las paredes de lo que pronto sería la habitación de sus hijos. Habían pasado tres meses desde que Oliver se presentó en su casa para pedirle que se casara con él, y su estómago estaba cada vez más hinchado. Sin embargo, habían decidido que no querían conocer el sexo de los bebés antes de que nacieran, lo cual complicaba las cosas en materia de decoración. ¿De qué color iba a pintar las paredes?

Oliver entró en la habitación y dijo:

–Emma está al teléfono.

Lucy sonrió. Su amiga había dado a luz poco después de que ella le confesara que también se había quedado embarazada. Había tenido una hija preciosa, y la había llamado Georgette en honor a su abuelo por parte de madre, George Dempsey.

–Me pregunto qué querrá. Últimamente, está tan ocupada con su hija que no tiene tiempo para nadie.

–No lo sé, pero será mejor que te pongas.

Oliver le pasó el teléfono y se fue.

–Hola, Emma. ¿Qué ocurre? ¿Ha pasado algo?

–No, a mí no me ha pasado nada. Pero a Violet…

A Lucy se le encogió el corazón.

–Oh, Dios mío. Dime que está bien, por favor.

–Está de maravilla. Ha dado a luz esta mañana.

–¡Qué bien! –dijo, aliviada–. Menos mal que has llamado para decírmelo, porque el estúpido de Beau no se ha tomado la molestia.

–Bueno, no me extraña que no te haya llamado.

Lucy frunció el ceño.

–¿Por qué dices eso?

–Porque el niño no es suyo.

–¿Qué? ¿Cómo es posible que lo sepan? No me digas que se empeñó en hacer una prueba de paternidad…

–No, no ha hecho falta. Como ya sabes, Beau y Violet tienen el mismo aspecto. Los dos son morenos y los dos tienen cabello y ojos oscuros. No podrían ser más mediterráneos de lo que son –contestó.

–¿Y qué?

–Que el niño es pelirrojo, de ojos azules y blanco como la nieve.

Lucy se quedó atónita. Violet no había mencionado que estuviera acostándose con ningún pelirrojo. Desde luego, había roto tantas veces con Beau que cualquier cosa era posible, pero no le constaba que estuviera saliendo con otros hombres.

–Entonces, ¿quién es el padre?

–Esa es la cuestión. Nadie lo sabe. No lo sabe ni la propia Violet. Al parecer, se quedó embarazada poco después de sufrir aquel accidente de tráfico… y como tuvo una amnesia temporal, no recuerda nada de lo que pasó durante la semana anterior. ¿No te parece increíble? ¡No sabe quién es el padre!

Bianca

**Simplemente la había contratado
para que fuera su esposa…
hasta que ella le hizo desear algo más**

LA MUJER TEMPORAL DEL JEQUE

Rachael Thomas

Tiffany era la candidata perfecta para ser la esposa temporal de Jafar Al-Shehri. A cambio de subir con él al altar, el jeque pagaría todas las deudas de su hermana. Pero aquel conveniente acuerdo que le aseguraba la corona de su reino pronto llevaría a una pasión desenfrenada. El trono de Jafar seguía en peligro… ¿Sería suficiente el deseo que sentían el uno por el otro para que Tiffany se convirtiera en algo más que la esposa contratada del jeque?

¡YA EN TU PUNTO DE VENTA!

Acepte 2 de nuestras mejores novelas de amor GRATIS

¡Y reciba un regalo sorpresa!

Oferta especial de tiempo limitado

Rellene el cupón y envíelo a
Harlequin Reader Service®
3010 Walden Ave.
P.O. Box 1867
Buffalo, N.Y. 14240-1867

¡Sí! Por favor, envíenme 2 novelas de amor de Harlequin (1 Bianca® y 1 Deseo®) gratis, más el regalo sorpresa. Luego remítanme 4 novelas nuevas todos los meses, las cuales recibiré mucho antes de que aparezcan en librerías, y factúrenme al bajo precio de $3,24 cada una, más $0,25 por envío e impuesto de ventas, si corresponde*. Este es el precio total, y es un ahorro de casi el 20% sobre el precio de portada. !Una oferta excelente! Entiendo que el hecho de aceptar estos libros y el regalo no me obliga en forma alguna a la compra de libros adicionales. Y también que puedo devolver cualquier envío y cancelar en cualquier momento. Aún si decido no comprar ningún otro libro de Harlequin, los 2 libros gratis y el regalo sorpresa son míos para siempre.

416 LBN DU7N

Nombre y apellido	(Por favor, letra de molde)
Dirección	Apartamento No.
Ciudad	Estado	Zona postal

Esta oferta se limita a un pedido por hogar y no está disponible para los subscriptores actuales de Deseo® y Bianca®.
*Los términos y precios quedan sujetos a cambios sin aviso previo.
Impuestos de ventas aplican en N.Y.

SPN-03   ©2003 Harlequin Enterprises Limited

Bianca

**Estaba en deuda con el millonario…
y él estaba dispuesto a cobrar**

REHÉN DE
SUS BESOS

Abby Green

Nessa debía apelar al buen corazón del famoso millonario Luc Barbier para poder defender la inocencia de su hermano. ¡Pero Luc era el hombre más despiadado que ella había conocido en su vida! Su única opción era permanecer como rehén hasta que la deuda contraída por Paddy estuviera saldada. Sin embargo, cuando ambos sucumbieron a la poderosa atracción que los envolvía, ella comprendió que su inocencia era el precio que pagaría por su romance.

¡YA EN TU PUNTO DE VENTA!

DESEO

*Fuera lo que fuera lo que había sucedido
la noche del apagón les cambió la vida*

Una noche olvidada

CHARLENE SANDS

Emma Bloom, durante un apagón, llamó a su amigo Dylan McKay para que la socorriera. El rompecorazones de Hollywood acudió a rescatarla y a dejarla sana y salva en su casa. Emma estaba bebida y tenía recuerdos borrosos de aquella noche; y Dylan había perdido la memoria tras un accidente en el rodaje de una película.

Sin embargo, una verdad salió pronto a la superficie. Emma estaba embarazada de un hombre acostumbrado a quitarse de encima a las mujeres que querían enredarlo. Pero Dylan le pidió que se casara con él. Hasta que, un día, recuperó la memoria...

¡YA EN TU PUNTO DE VENTA!